首

北野 武

角川文庫
23804

目次

主要登場人物

羽柴秀吉（豊臣秀吉）……織田信長の家臣。後の天下人。

曾呂利新左衛門……元甲賀忍者。秀吉の側近。上方落語の祖とも言われる。

チビ、デカブツ……甲賀者であり、雇われスパイ。

荒木村重……摂津・有岡城主。織田信長に反旗を翻す。

茂助……丹波篠山の農民。雑兵として秀吉の軍に加わる。

亀……茂助の女房。

為造……茂助の幼馴染。

千利休……茶人。大名と忍者をつなぐ者との噂がある。

明智光秀……織田信長の家臣。

高山右近……元荒木村重の家臣。

古田織部……茶人。信長の家臣。

織田信長……戦国時代の覇者。

蜂須賀小六……秀吉の与力。
黒田官兵衛……秀吉の与力にして軍師。
多羅尾四郎兵衛……甲賀の里、荒張の森のリーダー。僧侶の姿で入道と称する。
多羅尾光源坊……甲賀の里、多羅尾四郎兵衛の頭。盲目の吉利支丹。
徳川家康……戦国大名。信長の同盟者。
本多忠勝……家康の家臣。
本多正信……家康の家臣。
服部半蔵……伊賀者。本多正信に従う。
森蘭丸……信長の小姓。
穴山梅雪……元武田家臣。家康に仕える。
安国寺恵瓊……僧侶。毛利方の外交担当。

首実検・作法

首を水にて能く洗ひ、血又は土などを洗ひ落し、髪を引きさき、もとゆひに髻を高くゆひ上ぐべし。もし、かねつけおしろいべになどつけたる首ならば、其の如くにこしらへべし、顔に疵付きたらば米の粉をふりかけて、疵をまぎらかす也、紙札に首の姓名を書いて付くる也。

——伊勢貞丈『軍礼抄』より

プロローグ

時は文禄四年八月、場所は贅を極めた聚楽第。金箔瓦が陽を浴びて輝いていた。すっかり老いた秀吉が小姓二人を従えて奥に座っている。肌艶が土気色なのに両眼だけは異様に光っていた。天下人の猜疑心からだろうか。暗いが金の壁やふすまが光る豪華な広間には一人だけ端座する者がある。今日は邸宅を破壊する日らしい。外から壁などを壊す槌の音が聞こえる。

「曾呂利新左衛門、前へ！」小姓が叫ぶ。

小柄だが敏捷そうな中年男が現れ平伏する。名を曾呂利新左衛門。上方落語の祖とも呼ばれた茶人である。

面をあげない曾呂利と秀吉の間に訪れる僅かな沈黙。だがこの沈黙は長年、時を共にした以上の信頼からくる静けさだった。

「新左衛門、俺の芸人！　いい加減に面をあげろ。今日は、わざわざこんな暑い日になんだ！」

威勢よく訊く秀吉はやや前のめりになり、眼を細める。衣擦れの音と外の工事の音がやたらと耳に付く。

「ははあ。秀吉様、今回、こちらに罷り越しましたのは、新左衛門めがない知恵を絞った新しい噺が出来ましたさかい」

鍛えた跡のある、しゃがれたいい声で曾呂利が応じる。現代の上方落語家もこんな発声では喋れない。

「噺ならどこでも出来るだろう。なぜにここに俺を呼んだ」

聚楽第は造営は秀吉だが、天正十九年に養子である秀次に関白職を譲ってからは主ではなくなった。だが、その四年後、秀吉は先月、秀次に高野山での切腹を命じ、一族は三条河原でまとめて処刑された。秀吉は謀反を印象づけるためか、または後継ぎに裏切られた腹いせか徹底的に聚楽第を破壊しようとしていたのである。

「新左衛門、俺への嫌味じゃないだろうな」

「滅相もない！　天下人だけが住めるゼータクなここが壊されると聞いて、そんならもう勿体（もったい）ない、秀吉様に聞いてもらうには、ええとこや思いまして」

「さぞや俺が腹を抱える面白い噺があるんだろうな！」ニヤリと笑った秀吉は立膝（たてひざ）をしてくつろぐ。

「おもろいか、そうやないかはオチ次第ですが……」

秀吉は曾呂利の気配を察し小姓へ目配せする。小姓たちは広間を出ていく。そして「その方の噺、ここでは何だ。高座を譲ろう」と座敷へ下りる。曾呂利は腰をかがめ、入れ違いに上座へ向かい音も立てずに座る。

「で、どんな噺だ？」

「秀吉様が死んでも忘れられへん、あの頃の……『首』ィいう噺でございます」

1、ある謀反

●有岡城の戦い　略年表

天正6年(1578年)7月、三木合戦に参戦し、羽柴秀吉軍に属していた荒木村重は、突如戦線を放棄し、居城であった有岡城(伊丹城)戻り、織田信長に謀反を起こす。荒木村重の謀反に対し信長は、説得するため明智光秀、松井友閑、万見重元を有岡城に派遣。

11月3日	再び信長の使者として「明智光秀」「松井友閑」「羽柴秀吉」が説得に向かう。
11月9日	信長は山城と摂津の国境にある山崎に5万の兵力で進軍。
11月16日	高槻城の高山右近が信長に帰服する。さらに茨木城の中川清秀も帰服。
	11月14日、信長は大坂本願寺との和平交渉を打ち切り、滝川一益、明智光秀、蜂屋頼隆、氏家直昌、安藤守就、稲葉良通、羽柴秀吉、細川藤孝軍が荒木村重軍に総攻撃を開始する。
11月19日	城守をしていた荒木久左衛門は開城し、戦いが終結。村重は逃亡する。

●明智光秀　略年表

年	年齢	出来事
1528年	1歳	美濃国(現在の岐阜県)に、明智城城主・明智光綱の長男として生まれる。
1535年	8歳	父親の明智光綱がなくなり、明智家の家督をつぐ。叔父の明智光安が後見人となる。
1556年	29歳	斎藤道三の息子・義龍に明智城を攻められ一家離散。浪人となる。
1556～1565年	29歳～38歳	浪人となり、各地を転々とする。その後、越前(今の福井県)の大名、朝倉義景に仕える。
1566年	39歳	足利義昭の幕臣となる。
1568年	41歳	足利義昭と織田信長を会見させる。
1571年	44歳	織田信長に従い、比叡山焼き討ちを行う。坂本城築城。居城とする。
1573年	46歳	本願寺勢が籠る今堅田城を攻略。
1575年	48歳	丹波方面の攻略を命じられるが、敗退する。
1577年	50歳	松永久秀の居城である信貴山城を攻め破る。
1578年	51歳	丹波国に亀山城を築城し、二つ目の居城にする。

「時は天正七年、ところは摂津（兵庫東南部）・有岡城。信長に歯向かった荒木村重。村重はもとは摂津生まれの侍、領主池田勝正に仕えていたが、勝正が当時羽振りを利かせていた三好三人衆に追い落としをやられるとポンと三人衆に寝返った」

ババン！　バンバン！　高らかに曾呂利が見台を叩く。

三好三人衆というのはムード歌謡の歌手とかではなくて、畿内を押さえていた武将たちだ。畿内全体のボスだった三好長慶というのがいて、長慶を支えた親戚の長逸（腹心）、宗渭（もとは長慶の敵で帰順）、岩成友通（元流れ者で家臣）が跡目をトロイカ体制でとったというわけだ。

こいつら三人に従って出世した村重は、駿河（静岡）周辺を押さえていた今川義元を倒し、美濃（岐阜）の斎藤龍興を放逐した織田信長に気に入られた。急成長企業の社長にスカウトされた格好だ。天下取りを目指す信長は室町幕府最後の将軍である足利義昭を攻めたり、近畿周辺の大名を叩いた。その時に村重は手柄を立てて、信長から摂津のボスに任ぜられた。

ところが村重は去年、いきなり信長に反旗を翻した。一回は明智光秀などに説得されて謝ろうと思ったようだが、家臣から「そない謝ったかて、いっぺん恨まれたら、ぜったいブチ殺されまっせ」とまた説得を受けた。それもそうだと村重は城に立て籠もって戦うことに決めた。この謀反を鎮圧するのに派遣されたのが滝川一益、光秀、羽柴秀吉で、黒田官兵衛らを説得にまた行かせたものの失敗。官兵衛は牢屋に監禁されて身体を悪くしてしまった。一年近く戦ったものの、ヤクザでいう若頭格の高山右近にも裏切られ、援軍を頼んだ安芸国（広島）の大勢力だった毛利一族も来ないまま、ついに負け戦となったのだった。

御託はここまで。

日没寸前、夕陽に照らされる雑兵、侍、馬の死体、死体。焼き討ちにあった城から煙の臭いが漂っている。

燻した煙が霞を作っている中、荒れ果てた城門のあたりをさまよいつつ、念仏をあげている僧侶が一人いる。

その背後をうろつく若き日の曾呂利新左衛門がぶつぶつ「御大将の荒木村重はずらかったそうやないか。どこにおるやら、な」と面倒くさそうに死体の山を検分している。

「おい、坊さん！　死んだ者を弔ってどないすんねん。身ぐるみ剝いで兜に鎧、売り払うて、一向衆の墓でも建てたほうがええ功徳やないか？」

そんな軽口を聞き捨て、ただ黙々と読経する僧侶。

「辛気臭いもんやで。ああ、しんど」

曾呂利はついさっき見た光景を思い出す。

侍は落城の際に斬り殺され、百二十二人の上臈、女房達などはいずれも磔にして鉄砲、槍、薙刀で殺された。三百八十八人の下級武士の妻子は百二十四人の若党とともに焼き殺されたのだ。

敵を突っ殺す雑兵どもの顔、興奮で赤くなった顔や眼。迷いもない。あれは虫や。スズメバチみたいな勢いやった。えらいもん見たわ。いくら俺かて二日は肉が食えんようになるわ、と顔中が血まみれになった侍の兜を覗きながら呟く。

「大将、逃げおおせたんかいな。水も漏らさん、明智光秀はんの捜査網に引っかかるはずやけど」

曾呂利の背後で頷(うなず)く物凄(ものすご)く小さな男とやたらとデカい男がいた。こいつらは雇われスパイで稼ぐ甲賀(こうか)者の流れで口がきけない。機密漏洩を恐れた前の雇い主が舌を引っこ抜いたとか。戦国乱世、ひどいもんだ。

でも旦那(だんな)、探せって命令ですし、もうちょっと粘ってみましょうよ。みたいな身振りを二人がやる。

「けどな、こんだけ死人がおんねんで？　ぜーんぶ、調べよったら、わいらまで腐ってまうがな」

チビのほうが「堪忍や」と手を合わせる。曾呂利はため息をつく。向こうには黙々と読経する僧侶がいる。

「あの坊さん、まだやっとるわ。気がしれん！」

その時だ、ドドドドドという蹄(ひづめ)の音がした。

「なんやけったいなのが来たで！」曾呂利が叫ぶ。

どこから現れたのか織田方の騎馬武者か？　しかし既に連中は残党狩りで城外遠

くにいるはず。

夕陽を背にした騎馬武者は腰の大刀を引き抜き振り下ろす。

僧侶の首は胴体から離れ、茜雲引く空に舞う。

ハッとした曾呂利は落ちていた槍を拾い身構える。チビとデカブツも刀を抜く。

兜の下に黒い面をつけた騎馬武者はこっちに向かって疾走してくる。

その前にデカブツが仁王立ちになって馬の突進を防ぐ。

馬が嘶き武者が落馬しそうになるが必死に手綱を引き絞り、暴れるのを止める。

瞬時にデカブツの肩に跨がったチビが大きくジャンプして騎馬武者に飛びかかる。

チビと武者はくんずほぐれつ、絡み合いながら馬から落ちる。動きが常人離れして速いチビが武者の上に乗っかり、喉笛へ匕首を当て「どうするか？」と曾呂利の顔を見る。

曾呂利は首を横に振って「止めろ！」と言いながら近づいて武者の漆塗りの仮面を剝ぐ。

「あんた、村重はんやな！」曾呂利の声が上ずる。

「何だ下郎、殺せ、殺せ！」と村重が叫ぶ。

「そうはいきまへんな、こっちにも考えがおまんねん！」

曾呂利はチビとデカブツに合図して獲物の顔に頭巾をかぶせ、縄をかけるのだった。

その三日後、晴れ上がった青空の下、荒木一族総勢三十六人が六条河原に現れる。堤のように土が盛られ、手前に斬られた頭部を受ける桶が並べられていた。六条河原では古くは保元の乱の首謀者源為義と平忠正が処刑され、中世を通じても謀反人を殺すならココという斬首の名所だった。この当時、公開処刑というのは一種の見世物であり、庶民の娯楽の一つだ。この日も処刑を見物に来た多くの野次馬が興奮を隠せず、今にも竹柵を押し倒す勢いである。

そんな見物人の中に丹波あたりから作物を行商にやってきた茂助と幼馴染の為造がいた。茂助は物心がついた頃から百姓である。村を通る京都守護の侍役人を眺めては「うちはなんで土いじりばかりなんやろ」と真っ黒に日焼けした父親に不満顔で訊いたものだが、その答えは「黙って手伝え」としか返ってこなかった。絹糸を作って内職している母親も「侍なんかええことない」と言う。その後、十七歳で隣村から嫁ももらい、子を授かった後も「こんな暮らしでええのか」とばかり思っていた。

「あ、あの女、孕(はら)んどるやないけ！」

野次馬の中から声が上がる。首斬り侍が構える刀が太陽にきらめく。手を合わせてお経を唱える臨月近い女が瞬時に斬られる。桶へ転がる頭部。

「いい女、勿体(もったい)ない」為造が呟く、思わず目を閉じる茂助。

その後、次から次と処刑されていく。中には年端のいかない子供も交じっていた。

斬られた頭が転がり、斬首人の手伝いが桐の手桶で受ける。最後の老婆の首が手桶に落ちる頃には、興奮した野次馬が柵を押し倒し、死体の纏(まと)った着物を剝がしに掛かる。彼等は帯、簪(かんざし)、男の下帯まで奪い合う。茂助も夢中で手に取れる物は何でも持って行こうと頭のない死体めがけて駆け出した。為造は絹の腰巻き、茂助はでんでん太鼓を手にしていた。

「いやあ、こないな見世物、面白いわ！」

為造は今観た凄惨(せいさん)な処刑など忘れて興奮しきりだ。

「お前、それ何や？　しょうもないなあ」

「うん、ないよりマシやろ」

茂助は自分が取ってきた太鼓を意味もなく鳴らしてみる。

「おっと、寄り道も好い加減にせんと。日が暮れてもうたら夜道で野武士に殺されるわ」為造が身震いする。

「帰るか」

茂助は帰りたくはないのだが、村を捨てたからと言って行くアテもないので呟く。

二人は並んで河原を後にした。

突き抜ける青いキャンバスに真っ赤な血飛沫を叩きつけた絵画のような日中も、漆黒の闇に塗り潰されていく。難波河口と湾の汽水域、波打ち際には上流の有岡城から流れてきたと思われる夥しい屍、下賤から侍まで、様々な階級の首が漂着している。そこへ群れをなした赤い蟹が死体を啄もうと砂浜を往来していた。

「村重様の謀反、痛ましゅうおますな。信長様は荒木家を根絶やしにされようとしてはるが」千利休が嘆くように呟く。

その天正七年の暮れ、狭い茶室に千利休、明智光秀、高山右近、古田織部が座っている。「越後の上杉、甲州武田を攻め、中国の毛利やら四国の長宗我部、薩摩の島津。それに東北の強豪も、まだまだ控えているのに血で血を洗う戦い続き。ほんまに忙しいお人や」

茶会のホストである利休は当時賑わいを極めた堺の出だ。堺は中世期のヴェネチアと置き換えてもいい隆盛ぶりで、特権的な商人が羽振りを利かせていた。利休は貸倉庫を商う家で、十九歳の時、父と祖父を相次いで失って葬式すら出せなかった。十七歳の折に茶の湯を習い始め、自ら「侘び茶」を完成させて徐々に広く大名にも知られるようになった。そのお陰か、利休は畿内のボス三好の御用商人になり権勢を伸ばした。

信長が近畿を支配するようになった現在も利休の評判は落ちず、茶室外交ともいうべき時代にマッチし、アーティストでありながら政界のフィクサー的な役回りすら演じるようになっていたのである。

「戦で千人は死に、終われば六百七十人も殺されて、信長様に逆らえば三代先まで命はおまへんな。都や丹波、摂津、紀伊まで死人の数は草木よりよけいおます」

侍たちをもてなす利休の声は淡々としている。

「信長様も虐め抜いて、他に逃げ場のないように追い込むさかい、我慢ならんかったんやろう」

「利休殿は弟子思いですな」

信長の美濃進軍と共に家中になった古田織部は笑う。

「そんなんと違います、感じたまんまを喋ってます。古田はんが謀反を起こしても同じこと」

荒木村重を見捨てて織田方についた高山右近は神妙な顔で釜から立つ湯気を見つめている。

だが一人、明智光秀だけは眉根を寄せて考え込んでいる様子だった。

光秀が織田家に仕えるまでの経歴は様々な小説にもなっているけれど、実のところは不明だ。美濃に生まれたことは確からしいが、諸国を渡り歩いたとか、父祖の地にひたすら潜伏していたとか。越前のボスだった朝倉義景に一時、ついていたとも考えられるという。その流れで最後の室町幕府将軍足利義昭と信長をつなぐ人物になり、弱体化する幕府を捨てて織田家の家臣になったのだろう。

光秀は歳は信長より上で、教養もあり武芸と戦争に優れていた。信長が進駐する前の関西は三好三人衆、陰謀の名人である松永久秀、大坂本願寺などの宗教勢力が幅を利かせていた。

光秀は度重なる合戦に参加して武功を上げる。敵が一万二千二百五十人も討ち取られた越前一向一揆の殲滅戦の戦いぶりは鬼のようだったという。この敵に容赦のない性格を買われたのか、信長にアメリカ合衆国で言う、CIA長官の役目に任ぜられていた。そして今や安芸国（広島）といった中国地方のボス毛利、南九州の雄である島津、四国の豪傑長宗我部を倒すため信長は光秀と秀吉を起用していこうと考えていたのだ。

村重の小倅に俺の娘である倫を嫁がせたのは失敗だった。逆賊に親族がいるというのは、信長に睨まれる種をまいたも同然だ。光秀は村重が遭った信長による虐待を思い起こしている。

あの謀反の前、光秀らは毛利攻めの会議で集まった。光秀のほかは羽柴秀吉や織田信忠、丹羽長秀たちがいた。

「備中高松城をどう攻める？」

信長が神経質そうに貧乏ゆすりをしながら武将たちの顔を見回した。村重がすっと前へ進み出て平伏した。

「信長様、この戦、備中の毛利方の諸城を真正面から攻めて陥落させていかねばなりません。その際に邪魔になる毛利水軍へも細工をせねば勝てません。まず伊予(いよ)の来島(くるしま)氏と村上(むらかみ)氏を帰順させて、そこから陸路を攻めると……」

　これは正論であるから諸将は頷きかけた。ところが信長は飛び上がって怒り始めた。

「村重！　間抜けな段取りなんか、どうでも良い、俺はどう攻めると聞いてるんだ。貴様、武将なら度胸があるはずだ。度胸はあるか？」

「はい！」村重が頭を下げる。

「ならここで腹を切れ！」

「……はあ？」村重は思わず面を上げた。

始まったと秀吉が顔色を変えたのを光秀は見逃さない。信長は評定(ひょうじょう)で作戦を考える気はさらさらないのだ。集まった際には忠誠心を試すゲームをしたいだけなのだ。

「切れ！　侍らしく、度胸を見せろ！」

「いや……でも、しかし」

「俺は俺のために死ねる侍が欲しいのだ！」

その時、秀吉のよく通る声が響いた。

「お館様、サルめに秘策が！」

気勢を削がれた信長は他に悟られまいと余裕を見せて向き直った。

「サル、どんな策だ？」

「備中高松城まで道のりを考えると、我が兵力の消耗は途中の毛利方との戦いで多大になると思われます、何とか高松城では合戦の被害を少なくするため兵糧攻めを行うべきです」

「清水宗治が持ちこたえたら時間が掛かるぞ」

信長は秀吉の鼻先まで顔を近づける。

「またいつ毛利が加勢に来るかもわからん、そんな悠長なこと言っておれん！　馬鹿者、お前も村重と同じだ！　おい、村重、早く腹を切れ！」

矛先がまたも戻されるのを感じた秀吉は右手を差し出し、信長の注意を引く。

「いやいやいや、商人を使って米不足と偽らせて倍の値で米を買い占めるのです。

我が軍が到着次第、敵の城内に民、百姓等を追い込んで食い物をなくせば、あっさり降伏すると思われます」

「なるほど、たまにはキレることを言う。しかし商人に買い占めさせる金はどうする？」

「高松城が落ちた後、買い取った米を元手に、手広く商売をやらせると約束されれば問題なし！」

信長は急に機嫌を良くして、扇をパンパン叩きだす。

「よし、中国攻めの司令官は秀吉だ。村重、腹は切らんでいい。お前はサルに飼われろ！」

じっと床板を見ている村重は唇を歪(ゆが)ませている。光秀はいかんと思うが何も出来ない。

「おい、サルに中国攻めの大将の座を替えられたのが悔しいのか？　歯がガタガタ言ってるぞ」

「滅相もございません、そんなことは！」

村重は我に返って額を床にこすりつける。

「腹が立っている顔だ。よし、これで俺を斬れ！」

上座の刀掛台に置いてある小刀を抜く。

「お前と違って、俺はいつでも死ねるんだ」

「どうかお許しを。腹は立っておりません、ただただ秀吉殿の戦上手に唖然としていただけでして」

「そうか……怒ってはいないと。なら、この刀、刃を噛んでみろ。怒りで歯の根が震えてないなら、素直に噛めるはずだ。さあ、どうだ」

村重は少しためらい、意を決して信長が差し出した小刀を噛む。光る刃の表面に村重の顔が映っていた。

その顔は恐れながらも恍惚の表情でもあった。

村重の表情を思い出している光秀は懐紙を出して、額の汗を拭う。アレが俺であってもおかしくない。信長に仕えるとは、いつ殺されてもおかしくないということだ。戦場で死ぬ確率より高いのかもしれない。

しかし待てよ。あの後、すぐに村重は「俺の寝間に参れ！」と命じられていた。やつの場合は特別なのだ。衆道というやつか。ならば痴情のもつれで謀反を？

「村重様があの時、謀反を起こして信長様に勝てる公算は小さかったはず。あれは侍の意地でしょうなあ。そうでっしゃろ？　光秀様も村重様を説得に参られたんやから」

　急に利休に問われた光秀は慌てるが、高山右近や古田織部に動揺を悟られないように表情を引き締める。そして居住まいを正してふつふつと沸きたつ釜を凝視した。

「毛利をアテにして挙兵するにしても、遠いですからな。最初は気が違ったかと思いました」と、織部がうなずく。「一向衆も紀伊国（和歌山）の雑賀衆も滅びる手前、遠くの武田だって風前の灯だ。四面楚歌で信長様に歯向かうとは尋常ではないと陣中でも噂でした。そうだ、高山殿は村重挙兵をどう思われたか？」

「うーん、そうきましたか」元々は村重の腹心であった高山右近は顔をしかめる。

「村重に呼ばれた作戦会議では、耐えに耐えていれば、毛利、長宗我部、島津が摂津へ上り、京都で織田と一戦を交えるとか叫んでおりました。こちらとしては逆上した村重と一緒に滅びたくないという……」

　利休は茶をすすめながら、「恥ずかしいことではありません。男の意地に付き合って一族郎党死ぬなど、普通では出来ることやおまへんさかいな」と呟く。

「あれは逆上、気が違った、破れかぶれ、どの言葉も当てはまる。そういうものだった」

光秀は茶をすすり終えてきっぱりと言い放つ。

心の中では、信長の特殊な性癖にマッチして寵愛を受けていた村重がそれを羨望する周囲のプレッシャーに負けたか、または被虐趣味が高じて謀反を起こしたと思っているが。そんな異様な理由は常人には理解出来ないだろう。普通なら攻めて殺すべき謀反人であるのに説得に何度も行かせた信長の心中は、痴情のもつれで想像がつく。

あの日を光秀は昨日のように思い出せる。彼は村重の居城へ恭順の意を示すように説得に入った。鎧に身を包む村重の病んだ顔を本丸の広い居間で前にし、思わず身震いしたものだ。

「光秀さん、信長様は俺を心底嫌っとるんではないか？　どうなんや？　もしあかんのやったら、あんたも加勢してくれへんか」

村重の眼は淀んでいる。

「嫌うも何も、嫌うのならこうやって使者を何人も立てるものか」

「殺されるやろうか」

「それはわからん」

「あんたも信長様を崇拝してはるやろ。俺もや。だけど、取り巻き連中が許してくれん。あの人の気持ちもわからん。どうすればええのやろ」

「信長様に仕えるのは刃の上で踊るようなものだ。とにかく恭順の意を」

「覚悟は出来てる。もう放っといてくれんか！」

村重は腰掛けを蹴(け)り上げ、城中奥へ引っ込んでいく。

「あの人はオカシくなっていた。そうとしか言えません」高山右近の声で我にかえる光秀だった。「しかし、六百七十人を見殺しにして、逃げてしまうのも酷(ひど)い、一緒に逃げた倅の村次(むらつぐ)は光秀様の娘婿でしょう？」

「捕らえ次第、殺す。情実は捨てています」光秀は間髪を容(い)れずに答える。「それが織田信長家中の掟(おきて)」

「ほんま、侍らしうおまへんな」利休は笑う。「茶人でも逃げへんで。やっぱり頭がイカれたんやろな」

「口さがない連中は光秀様が謀反を焚きつけたと噂してますがね」織部が皮肉に笑う。「あれは摂津を信長様が欲しくなったせいだったとか。そんな戦略の一つだったんでしょうか」

光秀は持病の偏頭痛を感じ、思わずこめかみをさする。その空気を和らげるように利休が喋る。

「わては毎朝、自分の首をよう洗うようにしておりますわ、天下平定までどんだけ首があっても足らへん？」

高山右近と古田織部は笑うが、光秀の顔は引きつっていた。逃げた村重の首を持ってこい！　という信長の叫びが耳にこだまする。村重の次は自分の首が狙われる。

茶会を終えた右近と織部が、利休が設計した別宅の玄関から門をくぐって帰っていく。渋い平屋の入り口まで植え込みには低い楓が植えられていた。彼らに続いて帰ろうとする光秀へ利休が声をかける。

「光秀様、ちょっとこちらへ。お探しの品が届きましたよって」

「何だ？　利休殿に私が何か頼みましたか」

「茶器の類ではありません」

光秀は踵を返す利休についていく。そこは小さな裏庭だ。白洲に座っている男を見て光秀は一歩退く。

「出物でっしゃろ」利休は喉を鳴らす。

庭の男は縄で縛られ、猿ぐつわをかまされた荒木村重だった。

「出入りの男が持ち帰ったんですわ。煮るなり焼くなり、おまかせです」

「いったい、何処で？　私も手の者を使ってほうぼう探索したんですよ」

光秀は利休が忍者の元締め、或いは大名と忍者をつなぐ人材ブローカーのような役割を持っているという噂を思い出す。

「あなたはこれで金を稼いでる？」

利休は「まさか。ただあちこちに顔が広いだけです」と頭を振る。

「三人が拾い物を届けてくれましたんや。光秀様がお困りだろうと思いましてな」

光秀はまじまじと白洲の村重の背後に控えている遊芸人風の男とむさ苦しい小男と大男の二人組も眺める。

「彼らは何です？　忍びの者？」

「もう流行らん婆娑羅の格好をした若い衆は曾呂利新左衛門、舌先三寸で金の卵をもらうもんです。他の二人は……抜け忍ですな、たぶん」

光秀は白洲に下り、村重の顔を確かめると三人へ「謀反人を見事捕縛、必ず褒美を取らせる」と声をかける。

「で、どこにいたんだ？」

「城の隠し部屋に隠れてはったんですなあ、織田の騎馬武者に変装して出て行こうとしたところへ偶然に出くわして」曾呂利が朗らかに説明する。「大儲（おおもう）けとはこのことやな」

「曾呂利とやら、大したものだ。貴様らも」

「ああ、その二人はあかん。喋れまへん。舌をどこぞの誰かに引っこ抜かれて」

「しかし、利休殿、村重を生け捕りとは……私は見つけたら、問答無用に斬れと触れを出している。あなたも知ってるでしょうに」

「そら失礼さんやったな、けど、わては茶の湯の者やし、この曾呂利は芸人でっしゃろ。殺生だけは堪忍ですわ。ほなら、ここで成敗なさったら？　光秀様のお刀は勿体ない、ほれ、道具はここに」

利休は懐から短刀を取り出し、光秀へ渡そうとする。光秀はそれを断る。

「利休殿、煮るなり焼くなりと言ったな？」

「ええ、好きになされればええ」

「せっかくの白洲を血で汚すにはしのびない。いったん預かろう。で、このことを知ってる者は他に？」

利休は手を振って、誰にも知られずにここへ連れてきたことを言う。

「利休殿、それに曾呂利、今日ここでのことは他言無用」

光秀は項垂れている村重の横顔を凝視する。その視線に気がついた村重は顔を上げる。敗残の将の眼に狡猾な光が浮かび始める。

「村重、お前には訊ねたいことが山ほどある。素直に答えないなら拷問というところだが、私はそれはしない。質問に応じなければ斬って棄てるまでだ」

2、茂助、秀吉軍へ入る

天正八年の二月。

丹波篠山（ささやま）にある茂助の小屋は集落でも街道に近く、京都を行き来する侍どもの姿をよく見かける場所にある。

貧しい村であるのに、街道沿いであるから、落武者や野武士によく襲われた。野武士たちは村を全滅させては食い扶持（ぶち）がなくなると知っているので、粟（あわ）や稗（ひえ）、米と若い女を奪っては去っていく。村人も泣き寝入りはしない。彼等も落武者狩りを合戦時に行い、奪った刀や鎧兜（よろいかぶと）を京都へ売ったり、山へ出向いて野武士に買わせたりもしていたのだった。

「都へ行く用はないんかな。村長（むらおさ）に使いに出してくれへんか訊（き）いてくるか」

茂助は囲炉裏の前で草鞋（わらじ）を編みながらぼやいている。女房の亀が生まれて間もない赤子に干し柿のような乳房を咥（くわ）えさせているが、栄養不足の女には泣いて乳をせがむ赤子を黙らす術（すべ）もなく、茂助が持って帰ったでんでん太鼓を振るしかない。その傍で娘の鶴が「おっかあ！　腹へったあ、腹へったあ」と念仏のようにご飯をせびる。

「やめや、やめやめ！　こんなこと、いつまでやらにゃあかんのや、米は侍が持って行くし、隠した食い物まで野武士に狙われる、百姓はどうやっても百姓や」

茂助がいきなり立ち上がって、草鞋を土間に叩（たた）きつける。赤子が火がついたように泣きわめく。父も百姓、祖父も百姓、どこまで遡（さかのぼ）っても武士に頭を押さえつけられている自分のことが恨めしい。

「また、そないな短気起こして。ここで我慢してたら……雨露しのげるだけでもええやないの」女房の亀がいつものようになだめる。

「アホ！　お前のように野武士に眼をつけられもせん、生まれついてのブスやから悠長なこと言えるんや！　こんな暮らしのどこがええ？」

「落武者狩りで侍を突っ殺して気分が晴れればええのにな」亀は夫の怒りに取り合わない。

「アホぬかせ！　あんな殺しで鬱憤（うっぷん）が晴れるわけないやないか。弱った侍、殺しても気ぃ悪いだけや！」

茂助は我慢ならずに外に出る。丹波の風が冷たく、一瞬で身を縮ませた。街道の方に眼をやると、やたら賑（にぎ）やかな隊列が西に向かって行進していく。

と、そこへ隣家の為造が雑兵の格好で小屋から飛び出してきた。

「為造！　どうしたんや？」茂助が怒鳴る。

「あれはきっと秀吉様の軍勢やで。わかるやろ？　侍になるんや」

「へ？　秀吉？」

「鈍いやっちゃな。秀吉言うたら、日吉丸（ひよしまる）。日吉丸というたら俺らみたいな者から一気に侍大将になった偉い人や。俺も男や、生まれたからには出世してみたいんや！」

「そ、それなら俺も」

「一人より二人が心強い、一緒に秀吉様にあやかろうやないか！」

茂助は慌てて小屋に取って返し、土間の藁（わら）をどける。

「あんた、何しとん？」亀が赤子をあやしながら訊く。「村長さんに何か頼まれたん？」

「どんくさいこと聞くな！　俺は秀吉、日吉丸になるんや。きっと出世して迎えに来るさかい。あんじょう頼むわ！」

戦場から拾ってきた陣笠（じんがさ）や槍（やり）を手に外に飛び出そうとする足へ亀と娘の鶴がしがみつく。

「あんた、止めて！　そないに急に行かれても困るわ」

「お父ちゃん！」

止める母子を足蹴（あしげ）にして、茂助は為造と一緒に隊列を追いかけていく。

隊の後列には大道芸人、物乞（ものご）い、裸同然の雑兵らが交じっている。

史料によれば、昔の隊列には兵隊以外の者たちが稼ぎどきだと一緒についていっていた。戦いといっても合戦以外は出城を攻めたりの地味なもので、おおかた雑兵たちは暇を持て余していたという。娯楽もない陣地だから芸人や物売りが流行（はや）る。士気を高める上で遊興は必要だから武士たちも黙認していたという。いわば戦争は祭りのようなものだったのだろう。

茂助はすっかり騒ぎ踊る連中に眼を奪われて呆気（あっけ）にとられている。近くに来たボロボロの僧衣を着た物乞いを捕まえる。

「念仏踊りか？」

「これは退屈やから騒いどるだけや。これから播磨に戦に行くんやで！」物乞いは唾を飛ばす。「おもろいでー、秀吉様の陣地で大儲けってやつや！」

「そうかあ」茂助はただ感心している。

「ま、飲みなはれ」

物乞いが腰の竹筒に入った酒を勧め、それを茂助がグビグビ飲む。

「うまい！　ええ酒や！」

その様子に慌てた為造が「こいつらに用はない。先に進もうや」と茂助の袖を引く。二人が加わった雑兵たちの列は宿無しの荒くれ集団という感じのものだった。

当時の絵図など眺めると、テレビや映画で見るような整ったものじゃないってことがわかる。胴丸や鎧帷子なんかの防具類でもカネがかかるもので、合戦の死体から奪うなどしないと手に入らない。なので一攫千金、出世狙いで兵隊になるような連中は着の身着のままであることが当たり前なのだった。

「播磨へ向かうんやろ？　これ、秀吉様の兵隊で間違いあらへんのやろ」

為造が拾った陣笠だけで具足も着けていない髭面の男に訊く。

「ふん！」

足軽が鼻を鳴らして指差すところには千成瓢箪の馬印。為造が察したように秀吉の部隊だ。

「ヒョウタン？　なんや間抜けやなア！」

茂助が笑うと男が「無礼者」と怒って突き飛ばした。茂助はカッときて腰の匕首を抜いて立ち上がり、足軽の頬に刃を当てる。

「まあまあ、お前も怒らんと。すんません、右も左もわからない者やから」

為造が割って入って茂助を引き離し、隊列の端に加わる。

「あかんやないか。足軽に殺されても浮かばれへんで」

「すまん」

「まあええわ。お前のそういうところが頼りやさかいな」

足軽たちの格好を見てみると、やはり皆それぞれ自前のようで、菅笠を被っていたり具足も違い、羽織や股引それに腰刀、武器などは各自が得意とする物を持ってきているようだ。

「貧乏所帯やけど大丈夫かいな」茂助はボソッと呟く。「大名になるなんて難しそうやなあ」

茂助の前をゾロゾロと進んでいる男たちはよほど困窮しているのか、釜(かま)を頭に被り、手には鍬(くわ)を持っている。それを考えれば槍と匕首を持ってきた二人は立派なものだ。

「お前ら、武器は立派やけど、肝心のもんをぶらさげてへんな」

釜を被った雑兵がニヤニヤ笑う。

「肝心のもん？　キンタマはあるで」

茂助が言い返すと周囲がドッとウケた。

「ちゃうがな、食い物とかや」

雑兵というのは正規の侍と違い、様々なものを身に付けている。干した米の入った兵糧袋、金銭など入れる打飼袋(うちかいぶくろ)、水筒やら寝むしろ、食うのではなく眺めて唾液(だえき)を出し、喉(のど)を潤す梅干し。他には芋の茎を味噌(みそ)で煮て干し縄にした物（多分ズイキだろう）、これに湯を掛ければ味噌汁になるらしい。

「まあ殺した相手からかっぱらえばええ」

釜の雑兵に言われて、そういうものかと二人は納得した。いつの間にか隊列に馴染(なじ)み、上手(うま)く歩調を合わせて播磨への街道を夜間も進軍した。

夜明け前、街道が霧に包まれる。

いきなり一本の矢が茂助の鼻先を掠め、隣りを歩いていた釜を被った雑兵の首を射貫いた。それから次々と道の横合いから矢が飛んでくる。待ち伏せだ。

「弓矢くらいで騒ぐな！」

前列の騎馬武者が叫んだが、すぐに鉄砲で撃たれて吹っ飛ぶ。馬のいななき、雑兵の慌てぶりで大混乱だ。武者や雑兵たちが鉄砲で次々と倒れる。

茂助はいち早く道を外れた窪地へ身を躍らせる。頭を抱える茂助の上を銃弾や矢が風を切るようにヒューヒューと音を立て飛び交う。

敵は鉄砲やらの得意な雑賀の者か、決して直接には打ちかからず、遠巻きに飛道具で攻撃してくる。罵声や呻き声が暫く続き、あたりが静かになった。死体を押しのけて茂助がそうっと見回すと、敵味方どちらかわからないが、ほぼ全滅状態だ。

「…………」

呆然とする茂助の耳に小枝を踏みしめる音が届いた。身を屈ませ、草の間から窺うと武者の首を抱えた為造がよろよろ歩いてくる。

「為造！　生きてたか！」

茂助が刺さった矢と刀傷で血だらけの為造に駆け寄る。

「茂助、これで侍になれるで、敵の首を取ったんや！」

けれど、そう言って力尽きたのか、その場に為造が倒れ込んだ。

「しっかりせんか為造！」

茂助は友を抱きかかえた。

「お前がおらんなら、俺は村に帰らにゃ……ならんのや」

茂助は為造が脇に抱えた侍の首を見つめる。首を貰(もら)っていこう、バチは当たらんはずだ。そうっと首へ手を伸ばす。

「泥棒、俺が侍になるんや！」

突然、眼を開けた友に驚いて茂助は尻餅(しりもち)をつく。しかし深手を負っているからか、為造は力のない声で「これで侍だ！」と首を抱き直す。

「死にかけのお前が持っていても勿体(もったい)ないがな」

茂助は匕首で為造の喉を突き刺し、首を奪い取る。

「やった、やったでぇ」

荒い息を弾ませた茂助が朝焼けの中で立ち上がる。

「エゲツないな、あんた」

背後から声がした。茂助が振り向くと、そこに旅の商人のような曾呂利新左衛門とチビとデカブツが立っている。曾呂利は面白いものを見たと笑っていた。

「あんた、仲間の取った首、盗みよったな。その首持って秀吉様の陣に行くんか？　自分の手柄だっちゅうて！」

「それがどうした、悪いか！　こんな世の中で出世するんや、日吉丸かて同じことをしたはずや！」茂助は必死で抗弁する。

「まあ、あかんわけやないけど、エゲツないな言うてるやろ。ついでに聞くが、お前は秀吉様の何を知っとるねんな？」

「さあ……あんまり……うるさい！」

自分も曾呂利に殺されて首を取られると思った茂助は匕首を前に身構えた。

素早く茂助の腕を摑むチビ、そして背後から羽交い締めにするデカブツ。慌てた茂助は匕首を落とす。

「わわわ。命だけは、命だけは！」

「まあええ、見逃したる。その首、役に立ちそうやしな。一緒に持ってって、取り立ててもらおうやないか」

茂助は曾呂利の言葉も聞かず、ひたすらに「命だけはお助けを！」と繰り返す。

「命乞いしても無駄や。こいつらは戦で耳が不自由になってもうてるから。おい、離してやれ」

曾呂利が身振りで解放するように示すとデカブツは茂助を突き飛ばした。

「俺は曾呂利新左衛門、旅の遊び人や。こいつらはチビとデカブツ、言うてみれば用心棒やねん」

「茂助です。よろしゅう」

「よっしゃ、あんたの格好じゃ雑兵に見えへんから、さっさと死んだ者の身ぐるみ剝いで着替えたらええ」

言われるままに茂助は夢中で道に転がった雑兵から装備を奪って身につけた。そして四人は騎馬や駆け足の鉄砲隊がいる後続部隊に向かって駆け出した。

「茂助、しょっぱなから縁起がええがな、せいぜい頑張ろうやないか！」

茂助は初めて会った自分をどうして気に入ってくれているのかが謎だった。曾呂利新左衛門と二人の連れは何者なのか。訊いても良いのだが、訊いてしまえば答えを得られないどころか、永遠にシャバとはオサラバになる恐れがあるように思えた。

いっぽうで曾呂利だが、このどこにでもいる侍の暮らしに憧れて仲間の命も奪うような田舎者を気に入ったというお人好しではない。彼は千利休、いや茂助が目標とする秀吉に雇われた身なのだ。

もとは孤児だった曾呂利は甲賀の里に拾われて、忍者の訓練を受けた。だが、権力者のために働く自分に嫌気が差し、少年時代から諸国を渡り歩くようになった。信州にある真田昌幸の領地でチビとデカブツと知り合い、芸人の真似事で暮らしを立てたが、いつの間にか堺の千利休に拾われてから忍者まがいの働きをしている。

秀吉とこの茂助のどこが違うんだ。たいして変わりはしないはず。機会を得て、運が良ければ同じような身分になるかもしれない。

そんな気持ちも曾呂利にはあった。

曾呂利が考えた通り、茂助が奪った首は効果抜群だった。秀吉の部隊を襲ったのは丹波の元領主波多野秀治の残党だったのだ。奇襲の指揮を執った桑田という臣下の首だったらしい。

首の武功で茂助は草履取りや沓持ちという下働きではなく、下級武士とは言え、れっきとした侍である若党に取り立てられたのだ。雑兵のように戦のたびに雇われる者ではない。

「新左衛門さんのお陰やで、ほんまにおおきに。難波なんて苗字までもろうて」

秀吉が進駐した姫路城の一角で酒を飲む茂助が赤い顔をして喜んでいる。

「でも、まだどこの大将の下で働くかは預かりやから、わからんのが不安やけど」

「硬くならんと、まずは命じられたことを間違いなくやっておけば安心や。さしあたりやっつけた別所の残党を狩るんやろな」

「それなら得意や。なんせ村で一番、落武者を殺したんは俺やからな！　でも、あんたらまで兵隊の仲間入りさせてしもうたのは悪かった……ほんまに」

「何を言う。俺らは好きで姫路まで来たんや。戦に飽きたらホイホイ逃げるさかい、気にせんでくれ。明日から忙しくなるで、寝よか」

曾呂利の言う通り、茂助が出世した翌日から秀吉と戦って敗れた別所長治の残党を探索する任務を与えられた。指揮を執るのは秀吉の与力となった黒田官兵衛だ。

次々と鉄砲、槍、弓の足軽二十名に騎馬侍一人がついた小部隊が城を出る中、曾呂利たち四人は留め置かれている。

「曾呂利新左衛門、黒田様がお呼びだ」

曾呂利は一人、呼び出しの侍の後について陣中奥へ去っていく。

「なあ、新左衛門は、どないなやつやねん」

「…………」チビはジッと茂助を見つめる。

「…………」デカブツも同じだ。

「聞くんやなかった。聞こえへんもんな」

戻った曾呂利は「俺らは淡河城へ行けということや」とぶっきらぼうに言い、スタスタと城門へ向かっていく。

「なんでや、俺ら四人で何をするんや」

不安げな茂助に曾呂利が向き合い、ため息まじりに説明を始める。

「実を言うとな、俺らは天下の謀反人や落ち延びた敵を探すいうような仕事をしてんのや。言うてみたら人探しの玄人やな。で、雇い主が秀吉様と親しいもんやから、頼まれたというわけや。まだお前も性根は百姓のまんまやし、一緒に働いたほうがラクや思うて」

茂助は半分も理解は出来なかったが、気心の知れた仲間と侍身分でやれるのなら文句はなかった。

四人が狙うのは三木城合戦で活躍した敵方、淡河定範だった。播磨を治めていた別所長治の伯父で勇猛果敢な武将として知られていた。

「そいつは秀吉様を負かしおったんや。陣地に牝馬をぎょうさん放って、騎馬隊をごちゃごちゃにしおってな。そのスキに攻め入りおった」

この淡河定範は三木合戦終了後、行方知れずとなっていた。もしも生きていれば秀吉は殺さずに捕まえてこいと言っているのだ。

「なんでや。敵の大将やろ？」

茂助は道々、話を聞きながら首を傾げた。

「秀吉様は信長様と違うて、デキる敵なら自分の部下にしたいお人なんや」

そして曾呂利は懐から手配書の似顔絵を出して見せた。あまりに雑な鬼の絵だ。鬼の角の代わりに茶筅髷がついているだけ。

「こないな人間おるんか？」

「いるわけないいやないか」曾呂利はニコリともせずに絵を仕舞う。「しゃあないやろ」

こうして茂助は未だに戦の余燼が残る播磨の地を転々として歩いた。

村は落人狩りの兵士が荒らし回っていた。年寄り子供の差別なく殺し、女は犯され、僅かな作物は略奪された。焼かれた村で足軽や雑兵が下半身丸出しで女を追いかけるさまを横目で見ながら、四人は淡河を探した。

七日が過ぎても目指す武将の生死はわからない。だんだんと茂助は他の足軽と同じ略奪狼藉をやりたがり、ついに十日目で「後で追いかけるさかい！」と叫び、荒らされる村へ駆け出していった。

茂助は小屋に入って金目のものを探したが、自分のところと同じような村で何もない。舌打ちして表へ出ると兜一つで裸の雑兵が女に覆いかぶさっていた。その一部始終を眺めた後、雑兵が去ったのを確かめて、涙一つ流さず叫び声一つあげずに寝ていた女にのしかかった。女の傍らには槍で一突きにされた赤ん坊が死んでいた。

茂助は昆虫の交尾のように犯し続けた。

それから二週間あまり、曾呂利ら三人は地道に聞き込みなどの探索をし、茂助は落武者狩りに精を出した。他の足軽たちは略奪と強姦の合間に、焼き討ちにした村や寺の跡で博打をやる。茂助もそこに加わり、たまに勝っては酒を曾呂利が野営する場所に持ち帰った。曾呂利は茂助を止めなかった。

「こないな似顔絵描いたやつを殺したいわ」

曾呂利は手配書を焚き火に投げ込む。

「茂助、さんざん楽しんだやろ。明日、わいら城に帰るで」

「そうか。ほんなら今夜は最後やから博打に行ってくるわ。ちょっと先の一向衆の在所やったとこで御開帳らしいからな」

腰を上げて、そそくさと茂助は夜の闇に消えていく。チビとデカブツは二人で相撲を取っている。

「明け方に立つからな！」

曾呂利は闇へ呼びかけた。

翌朝、茂助は血まみれで帰ってきた。一向衆の在所で博打に興じていたら、隠れていた一揆の一団に襲われたのだという。

「で、仲間はどうした？」

朝飯の干飯を嚙みながら曾呂利が聞く。

「皆殺しや。俺は焼け残った寺の鐘の中で隠れとったんや。敵討ちに行こうやないか」

「アホ抜かせ。わざわざ死にに行くか。ここも危ないよってに、ずらかるの一手やで」

まだ寝ているデカブツとチビを蹴って起こした曾呂利は支度を整えた。

3、因幡(いなば)の秀吉、相撲を取る

信長包囲網(第二次)
上杉謙信
武田勝頼
波多野秀治
織田信長
徳川家康
毛利輝元
別所長治
荒木村重
大坂本願寺
松永久秀
足利義昭
雑賀衆

茂助や曾呂利たちが身を投じた秀吉軍は信長の日本統一に欠かせない中国攻めを遂行中だった。

秀吉軍の毛利輝元(てるもと)勢力圏への侵攻は天正五年に始まった。もとは友好関係にあった毛利と織田だったが、信長の拡大政策に危機感を持った大坂本願寺と上杉謙信(けんしん)が同盟を結ぶに至り、毛利も信長包囲網に参加した。

毛利は荒木村重の謀反の時も陰で支援するなど、信長には脅威だった。水軍も抱える大勢力を関西に向けられる前に叩(たた)くのが秀吉の任務だったのだ。

「クソ面白くもない正月だ！　毛利相手に戦って既に四年目だ。一国一城の主(あるじ)になるのはあっという間だったが、まだ中国攻めはここまでだぞ。どうなってんだ」

天正九年一月、鳥取城攻めの拠点である鹿野(しかの)城本陣で秀吉は与力である黒田官兵衛、蜂須賀小六(はちすかころく)、三好秀次らに地図を指し示してボヤいてみせる。

「まさか一度降伏したのに、また鳥取城を奪われるとは想定外！」

髭面の蜂須賀小六が頭を掻きながら詫びる。

「馬鹿野郎、何が想定外だ！　山名豊国を護ってやれと言うたのに、放っておいたらこのザマだ。どうするんだ。俺が信長様なら貴様ら全員、良くて磔、悪くて一家皆殺しだぞ」

ヤケになっている秀吉は酒を土瓶から飲む。

「内通者によれば、近く鳥取城に吉川経家が入るとか」

秀次が悔しそうに鞭を両手で摑んで言う。

「馬鹿野郎、そんなことを知ってるなら、今から先回りして経家を斬って来い」

「え、しかし……」秀次が狼狽する。

「しかしじゃないだろ。去年、三ヶ月かけて攻め落とした城なんだぞ。それをみすみす……チキショウ、小バカにされてるようなもんだ」

すると官兵衛が向き直り、「力押しではなく、次は兵糧攻めで参りましょう」と進言する。

「官兵衛、今から兵糧攻めの準備しても遅い。信長様に上洛しろと命じられてるんだ。きっとこの責任を取らされる。そうだ、詫びとして蜂須賀、秀次、お前ら自害してくれないか？」

ギョッとする二人、それを無視して官兵衛は落ち着き払って一礼する。

「お聞きください。僭越ながら、私が若狭の商人たちに因幡の米や麦を買い占めさせています。二度目の鳥取城攻めの準備は整いますのでご安心を」

蜂須賀小六が「米を買い占めて城が落とせるのか」と疑問を口にする。秀吉は軽く扇で小六の額を叩く。

「馬鹿野郎、麦米を買い占めたら値段が上がるだろうが。そうすると毛利勢は金子が足りずに食料を十分に買えない。ここが付け目ってわけだ。よくやったぞ、官兵衛！」

軍師の計らいに安心したのか秀吉は軍議を終わり、官兵衛を呼んで別室へ移った。

「ふー、疲れた。お前が先回りして手を打ってくれるお陰で、今度の上洛では首がつながるってわけだ」

この年、既に織田信長は実質上の天下人になりつつあった。東北の最上、伊達、蘆名が恭順の意を示し、関東の北条氏直も織田家と同盟を交わした。九州の大友、島津とも友好関係にある中、敵対するのは北陸の上杉景勝、四国の長宗我部元親、そして毛利だけなのだ。

「俺がしくじって笑うやつが何人もいる。他の連中はどうなんだ？　聞いてるだろ」

官兵衛が調査したところによれば、佐久間信盛は本願寺攻めで砦に籠もりきりだったために「臆病者」と責められて追放の憂き目にあったという。

「そりゃいいな、佐久間は俺も嫌いだったんだ。それで？」秀吉は上機嫌だ。

「滝川一益は堅実に関東の北条との交渉を進めて失敗はなく。伊賀攻めに起用される予定らしいです」

「あいつ、伊賀衆に討ち取られりゃいいのにな。伊賀に通じてる者がいるか？」

「心当たりはないわけでは」

「じゃあ、うまいことやって殺せないか頼んでくれないか。丹羽長秀と柴田勝家は？」

「丹羽様は安土城の普請で評判を上げてます。また越前や甲州の豪族で織田家へ背く恐れのある者を片っ端から始末してまして」

「ちぇっ、ゴマすり大工で飽き足らず、殺しも専門にしてるのか。器用なもんだ」

「柴田様は相変わらずの北陸住まい。一向一揆と上杉相手に戦っております」

「ふん、冗談一つ言えない筆頭家老は雪国で氷漬けにしておけばいい。後は光秀、家康か。光秀は近畿全体を我がものにした上、我らを見張る役目も受けたそうだな」

「よくご存知で」

「利休から聞き及んだんだ。怖い男だが弱点もある。まず一つは荒木村重だ。まだ有岡城の謀反人をけしかけた疑いは晴れてない」

「村重は死んだという話では？」

「生きている。利休の話では、しかも光秀が預かっていると言うんだな。あの茶坊主、面白いことをしてくれた」

「それが本当ならば光秀様を信長様が生かしてはおかないでしょう。良い機会です、誰か使いを出して密告しますか」

「光秀がいなくなったら、近畿の盟主の後釜は丹羽か滝川だ。毛利攻めが終わっておらん俺に回ってこない。もう少し泳がせよう。家康はどうだ」

「武田勝頼との対決を望んでおられますが、まずは信長様との関係を重んじて静観の構えですね。勝頼は信長様と和睦を進めたい素振りもありますから」

「信長様は武田を滅ぼすつもりだろう」

「はい、それは間違いなく」

秀吉は頷くと自分の寝床へ向かう。頭の中では信長の天下になる前に、自分が何を仕掛けられるかが渦巻いていた。

翌朝、秀吉は粗末な平服に着替え、官兵衛を連れて城内の巡察に出た。足軽や雑兵たちを眺めるのがたまの息抜きであったのだ。

「官兵衛、博打で勝って喜んでるやつが見えるか？　アレはツキに恵まれてるんじゃない、サイコロに細工したんだ」

まだ春らしくない冷たい風が城を吹き抜け、土埃を立てている。

「サイコロに？　狡いですな」

「狡くない、博打で勝つなら当たり前だ。戦という博打はやってるからわかるだろう、相手を負かすには準備がいる」

ゆっくり車座になった一団へ近づく。茣蓙の上で木を切り出したサイコロを振っては、出た目で小銭が動く。

「サイコロを売ってくれ。これでどうだ」

後ろから声をかけられた雑兵たちは驚いているが渡された金子の額にさらにビッ

クリしていた。片眼のない雑兵がサイコロを怪訝そうな顔で渡した。

その場で秀吉はサイコロを噛んで割る。官兵衛へ差し出すと中は空洞で小石が入っていた。

「あまり腕が良くない」

官兵衛が感心する前に片眼の雑兵はイカサマに怒った仲間に殴られ始める。

「面白いな」

揉める雑兵を残し、あたりをぶらつく。腕相撲や釘の的当てに興じては金や酒、防具類を取引している兵士をニヤニヤして眺める秀吉へ官兵衛が訊く。

「秀吉様は昔を思い出されるんですか」

「ああ、下っ端の頃は楽しかったぞ。出城や敵が落ち延びた場所を追いかけては女を抱いて、敵味方構わず殺してな、無我夢中だ」

「敵味方？　味方もですか」

「味方を殺してな、顔を潰してしまえば敵の侍だろ？　どいつもこいつも侍大将くらいにならんと同じようなもんだ。なんでも殺せばいい。来る日も来る日も殺して、犯して、騙して後はひたすら寝る。どうだ、そういう暮らしは？」

官兵衛は顔色を青くして「いいもんですね」とも言えず、困った顔をするのみ。

「仲間もいっぱい死んだが、俺は生き抜いた。そうなると組頭にも認められて、中間、小者に取り立てられた。出世して思ったのはつまらんということさ」

「まさか今もそうお思いで？」

「雑兵の時は自由だった。位が上がった途端に忠義やら何やらに縛られる。気ままに生きるには下っ端か一番上かだ」

秀吉は眉を上げる。官兵衛が視線をたどると、そこには粗末な土俵があり、雑兵から小頭までが群がり、相撲を取っていた。

ぶつかりあう半裸の男二人に熱狂する兵士たち。土俵で端折り袴で行司を務めているのは曾呂利だった。

「あいつ！　利休のいる堺に戻ったんじゃなかったのか」

秀吉が苦笑いして訊く。

「本当に新左衛門ですかね。おかしいな、播磨の淡河定範探しが不首尾なので金を渡して帰したんですがね」

「間違いない。デカいのも、ちっこいのもいるぞ」

デカブツが筋骨隆々の足軽を放り投げる。チビが酒の入った椀を渡しながら、相棒のデカブツへ身振り手振りで指示している。

「さあさあ、次の取り組み！　この木偶の坊を負かして一儲けや、どや、誰ぞ力自慢はおらへんか？」

曾呂利が皆を煽る。やって来た秀吉が「おい、面白そうだな！」と声をかける。

「どれ、一番やらせてくれ」

「ほほう、やるんなら俺やのうて、ここの胴元に訊いとくんなはれ」

土俵の下に座っている茂助がニタリと笑う。

「そこの大将が上がりますか？　相手はよりどりみどりでっせ。ただし、お足が必要」

秀吉は懐から金の入った袋をポンと投げて寄越す。

「これでどうだ」

「これなら飛び入り歓迎や」金を数えながらホクホク顔である。「さ、どうぞ土俵へ」

「いや、俺じゃなく連れが上がりたいんだ」

官兵衛が思わず「ええ!」と仰け反る。秀吉の眼が笑っていないので、官兵衛は戸惑いを押し殺す。

「……そう、私が相手だ」

「あらあ、悪いけど、このデカブツに殺されても知らんで」茂助がデカブツの厚い胸板をポンポンと叩く。「手加減せえ頼んでも無駄でっせ。こいつ耳があかんのや」

「そらそうだ。じゃ、その木偶の坊より小さいのを頼む」秀吉がおどける。「俺の大事な従者だからな」

曾呂利は黒田官兵衛だと知っているが表情に出さない。茂助が「どうする」という顔を向けたので「やらしたれ」と頷いてみせた。

「ほな、チビが相手や。こいつは手負いのサルみたいに怖いで」

土俵の下、諸肌脱いだ官兵衛へ力水を秀吉がつける時、耳元で「あいつはデカいのより強い。脚を痛めているのを隠せよ」と指示する。

「しかし、殿……」

「いまさら臆するな! やれよ!」

チビが土俵に上がる。小さな身体で一人前に土俵入りをする。その姿に皆が大笑い。いっぽう、官兵衛はしぶしぶ土俵へ上がった。

「八卦よい、残った！」曾呂利が声を上げる。

ちょこまかと動き回るチビとほとんど動かず、身構える官兵衛の差に客は腹を抱えて笑う。

「行けよ、官兵衛！　捕まえろ！」

秀吉は本気で命じる。仕方なく官兵衛がチビを捕まえに掛かる。と、相手はひらりひらりと体をかわし、まるで鬼ごっこのようだった。茂助が官兵衛の足さばきを見て気が付く。やつは脚が不自由だ。

チビにわかるように茂助が正面に回り込み、自分の右脚を指差す。秀吉はそれを見逃さない、ちらっと茂助の仕草を見てニヤリとした。

チビが官兵衛の悪い右膝に突進。無様に尻から倒れこむ官兵衛。

「見事だ！」

土俵へ上がった秀吉は「賭け金の他に褒美を取らせる」とまた金の入った袋を渡す。その瞬間、曾呂利が葉っぱの軍配を秀吉へ掲げて、「さすが御大将の秀吉様！太っ腹やなあ！」などと大げさに叫ぶ。

「手心加えて負けてくれた黒田官兵衛様もご立派なこと！」

突然のことに周囲も驚き慌てる。

「日吉丸、ホンモノや！」開いた口が塞がらない茂助。

「貴様、俺を幼名で呼ぶとは良い度胸だな。それに軍師ぶりもなかなか」

「あ、噂通りのご面相で」

茂助はつい驚きで言葉を漏らす。官兵衛が膝を擦りながら「無礼な！」と叱責を飛ばす。

「サル顔と言いたいのか」

秀吉は表情を少しだけ曇らせる。官兵衛は腰の小柄を抜こうとする。

「ちゃいまんがな、こいつが言う面相は天にも昇る日吉丸、この乱世に百姓から大名にまで出世なさった苦労人のお顔って意味でして。一目見ればすぐわかります」

「ほう、面白い。貴様は頓智があるな」

まんざらでもない秀吉は曾呂利や茂助たちを眺める。

「どうだもう一番。今度は俺を倒せば傍衆に取り立ててやるぞ。俺が負けたら今夜の城中は無礼講、酒と馳走を振る舞う！　俺が勝ったら貴様ら四人揃って素っ裸で許しがあるまで馬になれ。さあ、お前らの誰が相手だ？」

　ドッと周りの野次馬は手を叩く。

「そんならコイツが一番。ほら、茂助、用意せいや」曾呂利が命じる。

「なんでや！　恐れ多い」茂助は泣きそうだ。

「官兵衛の脚を見抜いたのは貴様だ。上がってこい！」

　秀吉が諸肌を脱ぐ。チビとデカブツに背中を押された茂助も仕方なしに土俵へ上がる。

　最初の取り組みは、曾呂利が「残った残った！」と言う前に茂助が勝手に倒れる。

「貴様ァ！　曲がりなりにも足軽だろう。本気でやらんと、この場で斬り捨てるぞ」秀吉が怒る。

　取り直しの一番が始まる。

　茂助は押してくる秀吉をつかまえ、脚をかけ、身をひねって土俵へ叩きつける。息を呑む観衆と倒してしまった茂助。

「アッパレだ！　さすが我が軍の足軽だ。よく鍛えられている。なあ！　官兵衛」

　はじめはうめき声をあげた秀吉だが、直ぐ呼吸を整えて立ち上がって茂助を称える。官兵衛も秀吉の身体を心配しながらも「まさに、アッパレだった！」と褒める。

「処遇は相談の上、官兵衛からお前らに伝える。明日には本陣だぞ。いい気分だ！　今夜は酒も出すぞ、楽しむがいい！」

兵隊たちが一斉に「わーっ」と喝采する。士気が上がる中、秀吉は官兵衛と土俵を後にする。立ち去っていく姿に憧れの視線を送る茂助。

「秀吉様、さすがですな。兵の士気は大いに上がりました。勉強させて頂いて」

通りの角を折れたところで官兵衛の口から感嘆の声が漏れる。不意に秀吉が立ち止まり、振り返った。

「チキショウ！　あの百姓、俺を本気で叩きつけやがった。口の減らない道化者と百姓、変人二匹、明日の朝、まとめて甲賀の里に送ってしまえ。多羅尾入道が書状を手に入れたと言うて寄越したからな」

「ここから甲賀……あいつらを取り立てるのではないのですか？」

驚いた官兵衛が尋ねると、

「俺を土俵に叩きつけたんだぞ！　因幡から甲賀まで生きて往復出来たら預かってやるが、こうでもせんと腹の虫がおさまらん」

官兵衛はカッカする秀吉に呆(あき)れた。

こうして秀吉の気まぐれな怒りを買った曾呂利と茂助らは因幡から近江(おうみ)まで徒歩で使いに出されたのだった。

4、甲賀の里で怪文書

相撲事件の翌早朝、曾呂利と茂助、チビとデカブツは旅の格好を整え、因幡鹿野城を追い出されるように出た。

「本気出せと言われて、ほんとに出す馬鹿がどこにおるんや」

あくびを噛み殺して曾呂利が文句を垂れる。チビとデカブツも顔で怒っている。茂助はしょんぼりしている。

「しかし、お役目を果たせば」

「アホか、こっから先、信長様を恨んどる連中、一向宗やら六角一族の残党がぎょうさんおるんやで。わいらに死ねエ、言うとんのとおんなじや！」

「じゃあ逃げよか！」怯える茂助。

呆れたように曾呂利が「そないなことしてみい、敵味方両方から狙われるやないか。進むしかあらへん」と言って、茂助の額を指で弾く。

一行は現在の因幡国気多郡（鳥取市鹿野町）を出発し、但東の谷間の道を進んだ。

幸い野武士もおらず夜までに福知山(ふくちやま)城に入れた。

現在の京都府福知山市は明智光秀が平定したばかりの土地だ。城は光秀が改築したばかりで白壁が輝くようだった。曾呂利は官兵衛から預かった紹介状を門番に示し、城主である明智秀満(ひでみつ)に一晩の世話を頼んだ。

曾呂利は光秀の出城の一つである福知山城を観察した。城は光秀によって近代化され、守りが堅い。兵士は足軽まで訓練が行き届き、博打(ばくち)に興じる気配もない。官兵衛の紹介状を手渡しもしたが、光秀の娘を嫁に迎えた城主秀満は立ち居振る舞いも謹厳で、四人を下賤(げせん)の者として扱わなかった。嫁は見ることは出来なかったが、荒木村重の倅(せがれ)の元嫁だったはずだ。

「福知山城で村重を光秀が匿(かくま)ってないか探ってこい」

旅立つ前に官兵衛から命じられたが、村重の「む」の字も出てこなかった。熱い風呂(ふろ)と飯を振る舞われて曾呂利以外の三人は深い眠りに落ちていた。寝間も上級武士の場所をあてがわれたのだ。

さすが光秀の家中や。どこまでも行き届いて気味が悪いくらい。今日、通った村の領民も「お館様は立派や」と信頼を寄せていた。

「秀吉はおもろいが、征夷大将軍とか名乗るにしっくりするんは光秀やないか」

堺の利休は常日頃そんな話をしていたが、確かに納得やな。話の転びようではサルも木から落ちるんやないかいな。

翌朝、曾呂利一行は福知山城を出て丹波篠山を抜ける道を進んだ。本来なら近道であるはずの三ノ宮から須知へ抜けるルートは野武士と信長を恨む六角家ゆかりの者がいると教えられたからだ。

「あ、もうすぐ俺の村や」

急に茂助が元気づいて駆け出した。曾呂利は「そないに故郷が恋しかったかい」と嫌な顔をする。

「嫌で出てきたんとちゃうか」

ところが街道沿いの村は一面、背の低い草原になっているだけだ。家も畑もなくなっている。慌てた茂助が通りがかった老人を呼び止めた。

「なんや茂助やないか」老人は腰を抜かす。

「太郎兵衛の爺さん、見違えたやろ？　俺は立派な侍や。苗字もあるで。難波言うんや。難波茂助やで」

「へぇ……為造はどこぞで死んだいう話やったからてっきり、お前もな」

「ハハハ、おい、亀や鶴はどこにおる？　どこぞへ村ごと移ったんか」

　老人は吐き捨てるように叫ぶ。

「明智様に雇われた野武士が来てな、謀反人の仲間を匿うとるといちゃもんつけて皆殺しや！」

　それから亀は粟と稗を守ろうとして赤ん坊ごと槍に刺され、鶴は年端も行かないのにさんざん犯されたと言う。

「騎馬武者が来て野武士どもの狼藉を止めてくれるんかと思うたら、鶴ちゃんを試し斬りや言うて首を刎ねよったんや」

　茂助は膝の力を失って尻餅をつく。途端に激しく泣き出した。老人は困って俯いているだけだ。

「いつまでメソメソしてるんや。お前が勝手に家族を捨てたんやないか。今さら泣いてどないすんねん。播磨や因幡でお前も同じことしたやないか。おあいこや」

　茂助は涙を拭って傍らに立つ曾呂利を睨む。

「供養したいんならええ。俺らは甲賀へ行くさかい」

茂助は曾呂利を無視して老人に訊く。

「太郎兵衛さん、野武士はどこぞにおる？」

「今は連中、こっから山越えた、古い砦におると聞いたが。何をするつもりや」

茂助は返事もせず、一目散に教えられた山を目指して走り出す。追いかけようとするチビやデカブツへ曾呂利が「そうしたいんやったら、死なせたらええがな！」と言う。しかし、ハタと気がついて苦笑いする。

「あの二人は聞こえへんやった」

丸太で拵えた粗末な山砦の前で二人の野武士が酒を飲みながら盥の湯で身体を洗っている。野武士は他に三人いて、裸に直接鎧を付けたまま、山鳥を焼いたものを食っていた。

そこへ茂助がうなり声をあげ刀を振り上げ藪を突き抜けて走ってくる。斬りかかるが先頭にいた野武士は身をかわして、面白そうに笑う。もう一人の男が犬を茂助にけしかける。

茂助は一匹の犬に嚙みつかれ、振り払うが地面に倒される。

「どこぞのアホや？」

不思議そうに野武士の一人が茂助を上から見る。

「仇、仇討ちや！」茂助が怒鳴る。

「威勢がいいな」

砦から争う音を聞いて出て来たボス格の男が火縄銃で茂助の脚を撃ち抜く。のたうち回る茂助。

「殺せえ！　ええから殺せえ！」

必死で叫ぶが相手にされない。

「あっはっは、今退屈しとったところだ」

獰猛な犬をけしかける野武士が笑う。犬は血に飢えて歯を剝き出しにしている。

「こいつ、犬に喰わすか」

そう言った瞬間、犬飼いの野武士の額へ矢が命中する。湯に浸かっていた野武士や茂助に斬りかかられた男も喉を射られる。

藪から突進してきたデカブツの肩に乗ったチビが槍を片手に襲ってきた野武士の背後に跳躍する。瞬間、チビが男のアキレス腱を斬り裂く。男は驚いた顔のまま地面に倒れる。その顔をデカブツが文字通り踏み潰した。

砦の入り口で火縄銃を構える男へチビが飛びつく。銃口が天を向いて一発発射される。男が銃を離し、刀へ手をやった途端に曾呂利の矢が命中して倒れる。

チビは落ちた銃を奪い、牙を剥いて駆け寄ってくる犬を銃身でなぐり殺した。

他の野武士たちは慌てふためき、武器も捨てて山奥へ逃げていく。茂助は言葉なく空を仰いでいた。

「助けたんとちゃうぜ。逃げたお前を捕まえに来ただけや、なんせお前には貸しがあるさかいな」

曾呂利が茂助に話しかけるが反応がない。顔を覗き込むと気絶していた。デカブツが茂助を担いで旅を続ける。

四人は大堰川沿いに歩いた。京都愛宕山の裾野にある嵯峨水尾鳩ヶ巣の苔むした森を抜け、鳴滝宇多野谷を過ぎて金閣寺のある都へ入った。

賑わう道を歩く四人だったが、旅装が汚れているせいか、「汚れ雲水！」などと子供から泥団子や礫を投げられた。何度か我慢していたがチビは悪ガキを捕まえ、デカブツに渡し、デカブツが子供を頭上に掲げて賀茂川に投げ落とした。

「わー！　わてもやってー」

　投げ込まれた子供もはしゃいでいるが、周りの仲間も喜んでしまって、チビとデカブッと一緒に遊んでしまう。

「どうなっとるんや。おい、ガキ、投げてもらいたいなら銭か食うもの寄越すんやで」

　曾呂利は子供らに声をかける。本気で銭を持ってくる子に「いらんがな」と返す。チビが子供らに捕まり、デカブッに渡される。チビが川に投げ込まれる。大笑いする子供たち。

　怪我をして布を腕や脚、頭に巻いた茂助がつい笑ってしまう。傍らの曾呂利が茂助の横顔を見る。

「ほれ、そろそろ行こやないか」

　それから四人は山科の毘沙門堂で干飯を食った。茂助の傷にチビが薬草を擦り込む。

　琵琶湖の南、大津を歩く。点在する池を眺めながら歩いていると、街道の向こうから派手な旗指し物を掲げ荷車を押す一団がやって来る。しかも調子外れのお囃子を鳴らしながらだ。

「なんやろ」茂助が眼を細めた。

「遊芸の連中やろ」

曾呂利はニヤッと笑い、「おおい。どこぞで祭りでもあったんか？」と手を振って近づいていく。

遊芸人たちは応えない。囃子を止めて踊り続けるだけだ。曾呂利は彼等の異様さに気がついて立ち止まる。

皆、腕がなかったり、脚が膝から欠けていたり、盲目らしい者や身体を痙攣させている男など様々だ。

すると背後から「刀を捨てろ！」と声が飛ぶ。曾呂利たちが振り返ると後ろに音もなく鉄砲を構えた六人の男が道を塞いでいた。その中の一人、僧侶の格好をした男が進み出る。

「ここが甲賀五十三家の土地と知って入ってきたんか……ん？　なんや新左やないか！」

「おう！　四郎兵衛さん。懐かしいのう」

二人は歩み寄って肩を叩き合う。

「甲賀を捨てたお前が何をしに来た。堺で見かけたやつもおったが、何だ、旅芸人か？」

「いやまあ……お偉方に使いに出されて、その……多羅尾の入道に会えと」

「そりゃあ、俺のことやで。今は多羅尾光俊様の家へ入ってな。栗東にある荒れ寺の住職に化けとるんだ」

四人は不思議な遊芸人と黒服の鉄砲隊と共に多羅尾入道こと多羅尾四郎兵衛の縄張りである荒張の森へ入った。怪我をした茂助は芸人が押す大八車に寝かされている。

「お前の師匠、杉谷善住坊は信長に殺されたよ。知っとるか」

「その時は信州から越後を旅してたんでな。噂やと思っとったんやが」

この曾呂利新左衛門の師匠というのが杉谷善住坊という甲賀衆。銃の名人で知られる忍者だった。越前朝倉攻めの帰り、千種街道を駆ける信長を狙撃したのだ。事件後、徹底的な捜査の末、寺に隠れていた善住坊は逮捕され、拷問の末に死罪になった。

「生きたまま土に埋められてな。信長は竹のノコギリで通りすがりの者に首を少しずつ斬らせたんや。なんと常人は数日しかもたんのに、二十九日目で死なはってな。さすが五十三家の男と皆は褒めたもんよ」

甲賀五十三家は室町幕府へ公然と戦いを挑んだ地侍たちを指す。幕府軍の長い攻撃にもかかわらずゲリラ戦を展開し、今では傭兵集団として名を売っていた。

「信長は好かんが、お頭は秀吉を気に入ってな。歓迎してくれるはずや」

「四郎兵衛さんのお頭は誰なんで？」

「光俊様の大叔父、多羅尾光源坊という御仁よ。さあ、こっちだ」

森の一角は切り拓かれた集落になっていた。櫓が中心部に立ち、住居用の小屋が点在している。女子供を含めた住人は身体が不自由な者や孤独の影のある者が多かった。

茂助を客人用の小屋に寝かせ、チビとデカブツを残して曾呂利は四郎兵衛について行く。

「相変わらず棄て子や戦に巻き込まれた孤児、生まれながらの病を負った連中とやっている。どうや、懐かしいやろ」

「わては好きで出戻ったわけやあらへん」曾呂利の眼はそれでも懐かしさに輝いている。「偉い連中にこき使われて、死んでいくのは気性に合わんさかい」

案内された小屋はひときわ粗末で崩れ落ちそうな板屋根だった。ボスが住むには酷いものだが、もしも敵に襲われた場合を考えてのことだ。粗末な家に住むわけがないと凡庸な雑兵、野武士は思うからだった。

薄暗く狭い小屋に入ると読経する僧侶の背中が見えた。

「アメバーラ、ガラサミチミチターマリヤテーク、テンライ　ラーオラーチ……」

「お頭、秀吉様の使いを連れて参りました」

四郎兵衛が声をかけるが無視して「キンキンキンナートーレーツー」とお経を続ける。曾呂利は終わるまで待とうと土間に座った。

「……さて、待たせたな。ほほう。お前が杉谷善住坊の弟子か」

振り返った年寄りの僧侶は両眼がなかった。僧衣は継ぎ接ぎだらけで行き倒れの雲水同然の格好だ。ただ、筋張った身体は油断ならない殺気を立ち上らせている。

「曾呂利新左衛門いいます」

「光源坊や。五歳の時、三好の侍に眼を刺されてな。こうなってもうた」

「先程のお経は聞いたことがあらへん。何宗になるんですか？」

光源坊はクスクス笑い、仏壇代わりに壁に貼った絵図を指差す。そこに描かれているのは雲の間から姿を現す目玉の大きな巨人だ。仏ではない。

「新しもの好きでな。吉利支丹の真似ごとをしとるんや。黒田官兵衛もかぶれとるとか」

曾呂利も見聞きしたことがある。遠い外国から渡ってきた宗教だった。南蛮の教えを広める黒い服の外国人たちに堺で会った。

「さて、我らが得た書状だが、写しは既に早馬で出している。原本は持ち主に返した。今、お前らに渡したとて無駄足だが」

「ハハハ、そんなことやと思うた。ああ、いや秀吉様は俺らを試しとるんでしょう。使いに出して生きて帰るか」

「うむ。だが早馬が無事に因幡へ到着したかはまだわからん。ほれ写しはある、これだ」

曾呂利が中身を検めたいと言うと老人は頷いた。その書状は信長から息子の信忠へ宛てた手紙だった。

このところ、信忠の天晴(あっぱれ)な戦い、父として頼もしく思っている。毛利のアホ侍相手の戦、美濃月岡(つきおか)での活躍は見事、見事、祝着至極！ 尾張(おわり)と美濃はお前が治めていれば万事快調だな。

この前の鷹狩(たかがり)の折に言ったが、俺にもしものことがあれば、信忠が天下を平らげればいい。ただ、ここは肝に銘じておけよ。長秀の神妙面、一益の鬼面、光秀のハゲ、勝家の百姓侍、狸の家康、タダの猿の有象無象、奴ら首から全部、お前の自由だ。

信雄(のぶお)は不甲斐(ふがい)なく、万事にだらしのない男、信孝(のぶたか)は打っても響かぬ兵六玉。父だから情もあるけれど、親じゃなければ道に捨てておくような石っころのような奴らだ。この世を束ねるは信忠のほか、右に出る者はないと思う。謙遜(けんそん)はするな、そういうのは嫌いだからな。

しかし家中の情勢、よくよく考えておくべきだぞ。お前は嫡男を儲(もう)けた時、俺と同じ過ちをしないで欲しい。出来の悪そうな子が出来たら殺すか捨てろ。赤子なんかすぐ出来る。

我が総大将、信忠としては先ず、狡賢い光秀、道化者の猿、狸の家康を討つ覚悟を持っておけ。こいつらは俺の跡目を狙う、油断できない連中だ。他の家臣どもは、総じてバカばかりだから、領地を餌に従わせ、意に背けばサッサと首を刎ねたらいい。よく覚えておけよ。

家督は信忠に譲るという話やないか。これを知った家臣たちは心穏やかにいられまい。

「お頭、この書状は秀吉様だけに送られましたか？」

「さあ、よう覚えとらんのや。長宗我部や毛利に売ってやったかもわからん。わしらも身寄りのない下忍を食わさなあかんからな」

光源坊が含み笑うと四郎兵衛もニヤッとする。

「わしらは天下大乱になれば景気が良くなるさかいな。誰に渡ろうがどっちゃでもええ」

曾呂利はゾクゾクした。おもろいやないか、やりたい放題の信長を恨む家臣は多い。それでも耐えたのは天下人の恩恵が自分に落ちてくるからだ。しかし、この手紙はその気がないとある。荒れるでこれは！

闇の中、ドンドン太鼓が打ち鳴らされている。目覚めると茂助は小屋の中だ。よろよろしながら小屋を出ると、集落の広場に集まった男衆、女衆、旅の僧が十数人、今で言うカリプソかラテンのような激しいリズムの太鼓に合わせて踊っている。女は髪を振り乱し、男は足を踏み鳴らす。月夜だが盛大な焚火だ。

そこへ曾呂利が駆け寄ってくる。

「茂助、けったいで、しょうもない村やろ。こういうところで俺は育ったんや」

祭りの高鳴りと熱気で茂助はまた倒れる。曾呂利は気絶した茂助をそのままにして、傍らに座り込む。

さあて、いっちょ博打や。うるさい家臣を信長が出し抜くか。それともタヌキの家康が牙を剝いて狼になるか。サルが陰気な光秀を差し置いて天下に上るか。

「最後まで眺めてやろうやないか」

茂助の横顔を軽く叩いた曾呂利は村人の饗宴を飽きずに眺めていた。

5、秀吉の密謀

天正九年三月、秀吉は中国攻めの陣を離れて京へ上ることになった。

その前、秀吉は甲賀衆が手に入れた信長から信忠への手紙を一読した後、激昂してあたりを斬りまくったらしい。驚いた官兵衛の前で地団駄を踏み、信長を「クソッタレの吉法師」と毒づきながら息を弾ませていた。

「俺を『タダの猿』『道化ものの猿』だと！　馬鹿野郎、アホの小倅に書き寄越す文面か！　俺が喜んでサル呼ばわりされてるとでも思ってるのか！」

官兵衛は怒りが収まるまで、ジッと待つしかなかった。

だが秀吉は怒りながらも考え事が出来る冷静さを隠し持っていた。荒れ狂いながらこう考えた。

信長が家臣をどう考えているか、俺の他にも知らせたほうがいいな。俺がこれだけ腹が立つのは跡目を継げると思っていたからだ。そんな野心のある男は他には家康、光秀を措いてない。勝家や長秀たちは所詮、役人根性の烏合の衆だ。ならば家康と光秀に手紙を渡してやろう。

信長は家康暗殺を誰に頼む？　俺ではない。安土に近い光秀にやらせるはずだ。ならば家康に光秀と信長を警戒するように知らせよう。

光秀は……やっぱり村重を匿っているのか？　利休に書状を送って訊けばいい。俺が天下を取ったら、堺と言わず、好きにさせてやると約束して……もしも村重を抱えていれば光秀を揺さぶってやる。

信長が殺したいという俺と家康、光秀で裏をかけばいいのだ。

「官兵衛！　急ぎ例の信長様の書状を家康殿と光秀殿に届けろ。家康殿へは一筆別に書き添える。紙と硯を運ばせろ、お前は呼ぶまで別室で待て」

いきなり真顔になり、額を伝う汗も拭かずに官兵衛へ命じる。呆然とする官兵衛はただ引き下がることしか出来ない。

秀吉が書き上げた家康への書状はこのようなものだった。

家康殿、この度はあなたの命に関わる火急の用向きにて、武家らしからぬ書状になりますことお詫びします。この猿、先日安土に放った草の者から信長様より光秀に命じた情報を入手しました。ソレ、すなわち甲州攻めの最中にあなたを暗殺してしまおうという計画です。

家康殿は掛川旗揚げより三河を制し、信長様と轡を並べた間柄。二人は兄弟よりも深き友と思っておりました。以前はそんな刎頸の友へ刃を向けるなど考えられませんでしたが、最近の信長様は鬼か魔王のようです。今川義元を討ち果たした賢いお館様は遠くへ行ってしまいました。昔を思うと、本当に泣けてきます。天下を手にする目前で仁義の気持ちが薄れてしまったのでしょう。家臣や盟友、全員敵と思い込んでいる様子です。あの出来の悪い、思い上がった小倅である信忠へ家督を譲り、家臣団を皆殺しにしろとまで手紙で指示するなんて……信じられませんが、信長様へ歯向かった者たちの一族郎党処刑するさまを知っておりますから、もはや冗談ではございません。

いまや家康殿は天下に必要な御方です。猿は遠い戦地におりますが、なんとかお護りしたいと願い、一筆啓上した次第です。猿が誠の思いでしたためた手紙、笑われてもいい、一心にお助けしたいという気持ちでおります。

ただし、まだ家康殿が信長様に刃を向ける時機ではございません。不満分子を数多く抱えた信長様のこと、鬼は鬼に誅殺されて共倒れになればよいのです。大事な御手を汚すことは決してなりません！　ひたすら御身のみ、大事になさるよう、お祈り申し上げます。

書き上げられた手紙は、曾呂利の恩人で甲賀衆である四郎兵衛に託された。家康は武田勝頼が家康から奪った高天神城を取り囲み、兵糧攻めを行っている最中だった。夜間も城へ鉄砲の威嚇射撃を行い、二十四時間態勢の検問により糧秣の道をシャットアウトさせていた。

「ふむ……」

本陣で二通の手紙を一読し、それを篝火に放り込んだ後、家康は考えに耽った。気にした徳川四天王の一人、本多忠勝が「殿、何が記してあったんです？」と身を乗り出す。

「馬鹿な清洲のアオダイショウも一度は天に昇る龍に化けたもんだが、さあ天下が我が物になると見えた途端に元の蛇に戻るもんかなとな」

「清洲のアオダイショウとは信長公のことでしょうか」

「どうも自分の身内以外は飲み込んでしまうらしい。それに加えて気になるのは猿山が動き出す気配。とうとう猿回しに飽きて、俺と組みたいらしい」

「ほほう、秀吉様ですな。どうします、この先は？　武田も風前の灯、信長公は四国の長宗我部、中国の毛利に手を焼くはず。こちらは関東をまとめ、いよいよ？」

本多忠勝は乱世を好む、血の気の多い男らしくにじり寄ってくる。

「いや。織田家の力は見くびってはいかん。ただ気が違いかけている主君を巡って、家中は騒ぎを起こすだろう。共食いを始めてもらうのを待つだけだ」

忠勝は主人の消極性にがっかりする。家康は矢立の筆を取り出し、懐紙にさらさらと何か書き付ける。そしてその紙を二枚に破って忠勝へ渡す。

「田んぼの『田』が半分に？」

「秀吉殿に渡すよう使いを出せ。シャレ好きのサルなら喜ぶだろう」

さて、この懐紙を見た秀吉は呵々大笑した。

「わかるか官兵衛？」

官兵衛は真面目な顔をして二枚に引き裂かれた紙を眺めて首を傾げる。

「新左衛門を呼べ、もう京都から帰ったはずだろ。寝てたら叩き起こして連れてこい」

半時もせず、陣屋の一室に現れた曾呂利は「京都の報告は明日や言われてたんに。忙しない御仁や」とボヤいている。甲賀行の後、その腕前と脚を買われてスパイを命じられていたのだった。

「これを見ろ」秀吉が眼を細める。

すぐに懐紙を見て「あまり巧いシャレやないですなあ」と苦笑いする。

「二枚に別れた田で『わかつ田』なんて下手なもんやで。家康様はつまらん御仁ですか」

「コラ！　側近の一人に取り立てられたからと言って、つけあがるな！」官兵衛が叱責する。

「構わん。まあ精一杯、俺を笑わせようとしてるんだ。もう一人の朴念仁の方が気になる。信忠宛の手紙の反応がないのは何故だ」

官兵衛がその問いに、おそらく秘密警察を率いている光秀としては下手に動くことを控えているのではないかと答えた。

「尻尾を出さんと言うんだな。いよいよ怪しい、あいつ、村重をやはり生け捕りにしたままなんじゃないか」

疑わしげに顎を撫でる秀吉の顔を見上げる曾呂利が素っ頓狂な声で「ああ荒木村重、あれはまだ生きておまっしゃろ」と教える。

「今なんと言った！　それは利休から聞いた話か！」

秀吉は驚きで飛び上がる。

「いやいや。有岡城で俺らがとっ捕まえたんですわ。利休様から頼まれましてな。依頼主は光秀様やったはず。で、引き渡したんですが光秀様は駕籠に押し込めて連れて行ってしもうて」

「知っておったなら早く何故言わん」官兵衛が肩を震わせ色をなす。

「そんな無茶な。黒田様は俺に京都行きの際に堺に寄って利休様に手紙を渡せというてただけやないですか。利休様は一読して『ようわかったと秀吉様にお伝えを』って言いなはった。慎重な方やから村重の生き死にをキチンと確かめはってからお報せするつもりやったんやないですか」

秀吉は諍う二人に「もういいわ！」と告げ、喜色満面で落ち着きなく部屋を右へ左へ歩きだした。

「よおし、ツキが向いてきた。曾呂利、京都御馬揃えの様子を教えろ」

目まぐるしく変化する主人の機嫌に辟易(へきえき)しながらも、曾呂利は光秀が仕切ることになった織田軍の軍事パレードの模様を語りだした。

「最初は信長様の家臣団がゾロゾロと並んで馬を走らすもんやくらいに思うてました。これは洛中(らくちゅう)の人間の多くもおんなじです。応仁(おうにん)の乱からこの方、洛中が落ち着くことはあらへんでしたよってにな。武人の偉いのが、どんなに頑張ったかて、戦はまた起こって焼け野原やと諦(あきら)めがあるんですわ。

信長様は足利の将軍を足蹴(あしげ)にされまっしゃろ、この日もバーンと目立たせはったのは朝廷でしたわ。帝(みかど)をご招待、信長様と仲良しの近衛前久(このえさきひさ)様は馬に乗ってご参加というもてなしぶり。野次馬も仰山集まりました」

「洛中の者は諦めてたと言うが、客が来たわけか？」

床几(しょうぎ)に腰掛けた秀吉は興味を惹(ひ)かれている様子だ。

「当日の三日ほど前から誰彼となく『右大臣の馬揃えはど偉いで』なんて言い出したんですわ。これ、光秀様が町の衆に金を配って言わしてた。しかもキレイな鎧(よろい)兜(かぶと)やらを商家の前に飾らせたりして」

「面白い、考えたな」秀吉は頻りに頷く。

「で、その日はお内裏の東側陣中で始まりましてな。最初が長秀様と摂津近隣の連中、次は蜂屋頼隆様と河内や根来の者、続いて光秀様と大和や山城の連中で。まあ、この並びは畿内の顔見世でんな。もうここらへんは安心やでっていう。まあ、威風堂々と黒や赤で染められた旗指し物やら鎧兜、馬の飾りの房の色合いも鮮やか。眼が潰れそうやって隣の客がうるさかったですわ」

「織田家はいつ現れたのだ」儀式張ったものを嫌う官兵衛は素っ気ない。「一番目ではないなら殿か」

「五番目でした。信長様は自分の身内可愛さで上洛しておるんとちゃうって見せたかったんと違いますか。織田家の歴々の次には公卿衆の順番で。信長様が金を融通したお陰で派手なナリで現れて。格好だけは立派でした」

「源平から足利までの武家と違う、自分らは私利私欲はないと。ふん、下手な芝居だな」

　信長の密書を知っている秀吉と官兵衛は笑い合う。

「ちょっと変わっとるのは坊主衆でんな。武井夕庵、楠木正虎、松井友閑の茶の道に通じた風流人を紹介してましてな」

「趣味の良さを訴えたのだ」秀吉はつまらなそうに鼻をいじっている。「自分は並の大名ではないってな」

「それでやっと連れを二十七人従えた信長様で。黒い南蛮人、弥助はんが目立ってましたなあ！　野次馬共も喝采ですわ。これ、最初から最後までの仕切りは光秀様らしく、洛中では『あないに風流心のあるお方とは』なんて玄人筋にウケとりましたわ。俺も光秀様が歯向かう比叡山の坊主を全員焼き殺すような人とは思えず」

秀吉は腕を組んで眼を瞑った。そしてやおら、この馬揃えをどう見るかと官兵衛に訊く。

「光秀様の覚えも目出度く、なおかつ信長様の威光も強まったかと」

「くだらん。そんなこと誰でもわかる話だ。この馬揃えは光秀の今を伝えておる」

秀吉は馬揃えを分析する。

一つ、織田全軍の軍事パレードと称していたが秀吉は招かれていない。中国攻めの最中だったからと理由は立つが、翌月の上洛を信長は急かしてきた。甲州で戦う家康も同様だ。家臣ではないが招かれて良いパートナーなのに戦地に留め置かれていた。

「光秀は信忠へ家督を譲る手紙を『承った』と知らせてきたのだ。信長様も我らを強いて呼ばなかったしな。これはいつかは消してやろうという気がある証拠だ」

二つ、このパレードの演出を陰で行ったのは荒木村重だということ。

「曾呂利が言うように光秀は一度命じられたら敵を徹底的に潰す武人だ。侍根性の強さは趣味にもあって、利休の茶の湯、足利の銀閣など渋いものを好む。なのに色鮮やかな今回の馬揃え、派手好みの村重が指示したに違いない」

官兵衛が強く頷く。

「確かに村重は謀反を働くまで信長様の寵臣でした。食い物から衣装、何から何まで同じ趣味。あまりの近さに女どもは……」

口ごもったが秀吉はずけっと「男側室とまで陰口があったな。寝屋も共にする、男色の気があると噂されて」と笑う。

「しかも松井友閑を招いておろう。村重を説得した一人で官兵衛のように痛い目に遭わせずに帰した」

「なるほど」と官兵衛。村重の謀反を思い出したのか痛む膝をさする。

「俺と家康を招かなかった光秀は自分を助けてくれと伝えているんだ」

「あ、あのすんまへん。招かんかったから、信長公に狙われてはる仲間やでというのはわかります。けど、光秀様は村重を使うてまで主人に気に入られたいというところもあるわけでっしゃろ？」

曾呂利は秀吉の意見に疑問を呈した。官兵衛は差し出口を叱るのを忘れて同意している。

「これだから芸人は浅い。光秀は信長様を心底怖がっているのだ。自分の居間に信長様の書を掛け軸にしてかけている家臣はあいつだけ。家中の人間に『瓦礫のように落ちぶれ果てていた自分を召しだし、そのうえ莫大な人数を預けられた。一族家臣は子孫に至るまで御奉公を忘れてはならない』と教えている。これはいつ主人に咎められて殺されるかという強い恐れがあるからだ」

秀吉は確信を持って曾呂利と官兵衛へ微笑みかけ、その恐怖を利用するんだとほくそ笑んだ。

果たして秀吉が光秀の心理に下した予測は当たっていたのか？

さて、所を変えて亀山城を見てみたい。

大堰川が横断する亀岡盆地に築城され、周囲に溝が掘られている。

夜陰に粉雪が降り、城中の隅々まで冷え切っていた。本丸の裏手には生け垣に囲まれた平屋の書院があり、周りを完全武装の衛兵が取り囲んでいた。ここは光秀以外は出入りを禁じられている座敷牢なのだった。

「今夜は格別冷える。村重、綿入れを持って来させるか？　酒も少しなら」

火の気がなく、板張りの床に布団と厠だけがあり、小机の上には木製の盥と椀が置いてあるだけだ。自殺や脱獄を防ぐためだろう。

囚われの村重の衣服も粗末なお仕着せで帯などは与えられていない。村重は端座して世阿弥の芸論集『花鏡』を読んでいた。

「白湯でええ」

「何を読んでいる？」

「世阿弥の書物や。武張ったもんやない。あんたに飼われて二年、自分が何だったか忘れてもうたからな。けど、ここにこうある」

村重が芝居がかった素振りで書を手に取って言う。

「芸の精髄を世阿弥は万能の一得と言うてんのや。そいで曰く、『初心忘るべからず』と書いている。俺の初心はなんやったかな」

「お前の初心は信長様の寵愛を一身に受けて天寿を全うすることだろう。信長様の御側衆に嫌われ、女子衆にも毛嫌いされた。挙げ句にあのような謀反を」

「……えげつないこと言うなァ。あないな仕打ちを受けて寵愛と見る、あんた相当に歪んでるで」

光秀は信長に迫られて刀を噛んだ席の村重の表情を思い出す。

「そっちの初心はどうなんや」

武人としては天下人だが、信義の道も貫きたい。村重の問いには答えず、向き直って光秀は胡座をかく。

「馬揃えは上首尾だった。あんたのお陰だ。礼を言う」

「信長は大喜びやったろう」

「無論。だが、家康殿や秀吉殿にこちらの意図が伝わったかどうか」

「大丈夫やろ。あの二人は策士や、間者を通じて理解する。せなんだら天下人失格やな」

光秀は俯き加減になり、「二人が俺に腹を割ってくれたらいいが」と呟く。

村重は皮肉に笑い「タヌキは油断させて殺すため。サルは味方につけるため。酷い話や」と言って本を閉じる。

「家康殿の命は欲しくはない。ただ職務なのだ。拒めば俺が殺される」

「好い加減、あんたも肚を括らんか。信長に従ったかてバカな倅の信忠に天下を持ってかれるんやで。悪くすれば信忠の天下の前に気が違え親父に消されてまう。こっちが確かや」

光秀は顔を上げ、「貴様は信長様と心も身体も通じてたからな」と言う。

「ふん。家康は腹の中が読めん。それに引き換え秀吉はあからさまや。どっちに賭けるか言われたらわかるやろ？」

「それはな」

「さっさと家康を亡き者にせえや。それで信長にもっと信用させ。あんた、何のために俺を助けたんか？　それもわかるやろ」

光秀は不思議そうな顔をして村重を眺める。

姻戚関係にあったから助けたか？　いや、信長を熟知しているから、役立てようと連れ帰ったのだ。そして危険を承知で幽閉しているのは……。

「信長を討つ。それで俺が必要なんやろ」村重は笑う。

「殺(や)るなら急いでくれ。二年も太陽を拝めん、茶の湯もなし、男も女も抱けぬでは命も果ててしまうさかい」

光秀は信長を思うと総身が震えた。

6、秀吉上洛

安土城は琵琶湖に接した安土山に築城され、望楼型天守を持っている。ぐるりを湖水に囲まれて、白壁の砦が傾斜伝いに並んでいた。

今、少数の手勢を連れた秀吉が麓にある橋を渡り、天守へ向かわんとするところだ。

「官兵衛、この城を見て、どう思う？」

秀吉が轡を並べた官兵衛に訊く。

「自然の要害を利用し、地上六階、地下に一階という造りも稀な城ですな。もとの拠点の美濃の岐阜城に近く、都にも近い中間地点、都も手中に収める良い場所です」

「真面目だな」秀吉は苦笑する。「おい、新左衛門はどうだ！」

秀吉は駆け足でついてくる徒士の一団に声をかける。曾呂利はデカブツとチビ、そして茂助と隊列の中にいる。

「は、ここにあります琵琶湖は国のヘソ。そこに建ってる城はヘソのゴマ。護摩も焚けるような建物を見るに墓になるのも近いわな、なぞと思いますな」

「酷いことを言う」秀吉は上機嫌だ。

「誰の墓かはわかり申さぬ、というところでっしゃろな」

官兵衛はつくづく嫌な顔をして馬を先に走らせ、城門を開けるように門衛へ告げに行く。

城内に到着した秀吉を光秀が丁重に迎える。

「中国平定の戦の折、遠路をお運び頂き、大変、申し訳ございません」光秀が頭を下げる。

「んー、いや。そう恐縮されては困ります。今後は、より仲良くいきましょう」秀吉が笑顔で応える。

広間には既に信長が端座していた。秀吉は並びいる御側衆の間をスッと進み、いきなり平伏してみせる。

「サル！　見違えるようにジジイになったな。相当な苦労、俺もわかるぞ」

信長は膝に載せたシャム猫を撫で、蘭丸が捧げ持つワインの瓶からグラスへ注いでもらい、酒を飲んでいる。背後にある金屏風の前に彫像のように立つ侍姿の黒人従者の弥助がいた。

　光秀は派手好みの信長の趣味が耐えられずに顔をやや背け、秀吉は憧れを持って顔を上げる。

「洛中の馬揃えはサルがおらんので盛況だったと聞いております。この度の所司代、奉行をねぎらう役目、毛利を相手にするより心安く、また城を落とすより簡単に所司代たちの心を落とすよう努力したいと思います」

「サルの努力が人並であればそれでよし。いやに殊勝なお前はつまらんの。どうだ皆は？　退屈極まりない！」

　秀吉が見回すと他の家臣は頷くような、困ったような顔をする。

「秀吉殿は遠路来られてお疲れかと」

「黙れハゲ。誰もそんなことを訊ねてない。お前は説教坊主か、叡山に送って焼いてやろうか？」

　信長はフォローした光秀を言下に否定する。

「着物を脱げ。余計な口の罰だ」

　光秀は急いで言う通りにする。気まずい空気が広間に漂う。

「お前ら、天下の近畿管領が口答えもせずに脱いでるんだ。礼儀を知らんのか」

秀吉は誰よりも早く「それでは御免」と自らの着物を脱ぎ、諸肌になる。信長は大喜びして、ワインをグビリと一息に飲んだ。

「脱げ、貴様らも。中国攻めの総大将よりもっとだ。上も下も全部！」

居並ぶ家臣団も慌てて衣服を棄てて下帯一つになっていく。

「蘭丸！　お前もだ。それに弥助、突っ立ってないで脱げ！」

光秀がさらに脱ごうとするが「お前は見苦しいからそのまま！」と信長に制せられる。

「サル、弥助の身体に白いところがあるなら言うてみい」

「歯、それに手のひら、足の裏」

秀吉は歌うように答える。弥助が笑顔を向けると、お歯黒をし、なおかつ手足の裏を墨で塗っていた。

「しょせんはやっぱり猿知恵だ。罰として相撲を取れ！」

手を打って喜ぶ信長は弥助の分厚い胸をパンパン叩いて自慢気に命じる。

「俺はお前が因幡の城で足軽相手に相撲を取ったのを知ってるぞ。簡単に負けたそうだがな。さあ、やってみせろ！」

「さすが地獄耳、いや天の眼を持っておられる。また一本取られました」

「追従(ついしょう)など嬉(うれ)しくない！　何本でも取れるんでな！」

秀吉は含み笑いをしている蘭丸を殺してやりたかったが我慢して立ち上がった。

「しかし殿、土俵がここにはない」と、秀吉。

「南蛮相撲だ、倒れたら負けにしよう」

下帯だけの家臣団は広間の壁際に下がる。広間の真ん中で弥助と秀吉が向かい合う。

「殿、秀吉殿は中国攻めの大将。ここで怪我されると塩梅(あんばい)が」

光秀が進み出て床へ額をこすりつける。信長は「やかましい！　行司をやれ」と光秀の後頭部へワインをぶっかける。

「お気になさらず。秀吉、敵(かな)うならぶっ倒し、駄目なら先に転がります」光秀に声をかけ一礼する。

　秀吉は全身で弥助にぶつかっていく。いきなり裸で組み付かれ戸惑う黒人侍。本気で相撲を取る秀吉を理解出来ないという顔で見つめる光秀だった。

安土城のある山の中腹に客を留め置く屋敷があった。その庭で曾呂利、茂助、チビとデカブツの四人と他の護衛たちが蹄鉄投げの賭けに興じている。

「おい、茂助。またイカサマだろ」

鉄砲侍が立ち上がって文句を言い始める。するとデカブツが近づきアッという間に足首を持って地面へ叩きつける。

そこへ曾呂利を呼ぶ使いが駆けてくる。

「曾呂利新左衛門はいるか。秀吉様が洛中へお勤めに参る。清水寺で芸を見せろとお命じだ。急げ」

曾呂利は頷き、「茂助、ちょっと行ってくるわ」と腰を上げる。

「芸って何の。踊りか何かか？」

「ちゃう、喋りや」

「喋って褒美も貰えるのか」

「しくじればクビが飛ぶけどな。褒美が出たら山分けするさかい、待ってんか。心配せんでええ」

曾呂利は使いの者と一緒に庭を出ていく。その後ろ姿をやや羨ましげに見送る茂助だった。

清水寺での接待は秀吉の独壇場だった。村井貞勝や松井友閑の好む能を見せ、酒も京都のものではない河内の天野酒を持ち込んだ。

「さすが、気の回ること！」村井貞勝は盃を重ねて褒めた。

「それにこの肴！」松井友閑は膳に載った鯛を激賞する。

「瀬戸内のを早馬で届けさせた甲斐がありました」

さらには備中の茶器を土産に渡し、茶人の心得のある客は狂喜した。

「さて、能も良いですが、噺という芸もございます。そこで皆様に面白い男をご紹介します、曾呂利新左衛門をこれへ！」

秀吉は座興見せ所とばかりに声を張り上げて紹介する。板舞台が運ばれ、出囃子と共に正装した曾呂利がやってくる。

「えー、天下取りに忙しい世の中でおますけど、これ昔々からでございまして、お武家はんは誠に大変でんな。これはそういうお話で……桃から生まれた桃太郎、鬼退治で有名ですな。

この桃太郎、実はひどい男で鬼をやっつけたら慢心してしまいました。世話になった爺さん婆さんは鬼ヶ島に流してしまう。そして忠実だと思われている犬を虐め抜く。手ひどく叩いたり、餌をやらんかったり。はたまたオナゴのように使ったりとむちゃくちゃや。

犬はそれに我慢が出来ず、桃太郎を殺そうと考えましてな。寝込みを襲って首を食いちぎろうと計画を仲間の狼と立てておった。

その計画を知った猿は知らぬふりをしようと決めた。猿も桃太郎に殺されたらかなわんと思ってたんですな。それでキビダンゴを餌にキジにも口止めして、どうるか眺めようやと約束したんですわ。

猿はそれだけでなく、鬼どもにも桃太郎が死んだら犬を血祭りにあげて、宝物を分けようやと相談したんです。

それで犬が夜中に桃太郎を殺して宝物を自分のものにすると、猿が待ってましたとばかり、桃太郎の仇討ちだと鬼を連れて犬を退治してもうた。犬は無念に死にまして、その後は猿とキジ、鬼が仲良う暮らしましたとさ、という噺」

その後もいくつか噺を聞かせ、高座を下りた曾呂利へ秀吉が駆け寄ってきた。

「新左、お前は策士か？　俺は桃太郎の噺、気に入ったぞ！　ところで桃太郎、犬、猿はわかるがキジと鬼は誰と誰じゃ？」

「キジは家康様、鬼は毛利や長宗我部、北条などなど」

「よし、お前はこれから俺の側近だ。常に側にいて離れるな。俺を楽しませ、周りを和ませるのだ。細かいことは官兵衛が仕切る」

秀吉はまた客のもとへ戻っていく。脇にいた官兵衛が無表情に曾呂利へ声をかける。

「良かったな。これから貴様の舌先三寸を利用することが増える。戦には鉄砲や弓矢より威力がある時もあるだろう。今夜は下がっていい」

曾呂利は初の大舞台を成功させたという興奮と純粋に芸だけを求められていない落胆が入り混じり、疲れを覚えながら寺の廊下を歩いていった。

翌日の昼近く、遅くまで饗応の役目にあった秀吉は洛中の陣屋の寝間で休んでいた。そこへ官兵衛が当惑を隠さない口調で「お客人です」と告げる。

「帰ってもらえ。二人ばかり、いや三人でも五人でもいい。若くていい女を呼んでくれ、少し気を楽にしたいのだ」

官兵衛は襖越しに笑う。

「お客人は光秀様ですが」

秀吉は寝間着のまま廊下に飛び出し、「それを早く言え!」と小さく叫ぶ。

着替えを済ませた秀吉は忍んできた光秀と茶室で対座する。秀吉は不意に真顔になり、

「亡くなったお母上のこと挨拶をしてなかった。申し訳ない」と深々と頭を下げる。

光秀は「戦いで各地を転戦する中、看病も叶わず死に目にもあえなかった」とポツリと述べる。

「親というのは尊いもんだと死んでからわかるものです」

暫くの沈黙の後、光秀が口を開く。

「馬揃えでは秀吉殿を軽んじたわけではございません。あれは手紙を読んでのこと」

「ああ、やはり」

「安土ではあまり話せなかったので、忍んで参りましたが。たっての相談がありまして。実は家康殿のお命を信長様はご所望でして」

「今は確か甲州におられるはず」

「いや、甲州征伐の内々の相談にて、家康殿は堺の利休殿の庵（あん）におられるのです」

　秀吉はうむと頷き「信長様は焦っておられるな。誰が敵か見誤っておられる」と呟（つぶや）く。

「では堺か安土で葬り去ると？」

「いや、力押しに殺してしまうと外聞も悪い。ですので戦でか、密（ひそ）かに城でかと。私としてはあまり気乗りせぬのです。今日、参ったのはこの謀（はかりごと）を助けて欲しいのです。私と家康殿はあまり親しくないゆえ。家中で家康殿と親しいのはあなただけですから」

「それは承った。中国攻めで動きは取れませんが、家康殿の内情を探っては報（しら）せます。それにしても次は我々ですからな。光秀殿のような立派な家臣を虐めて何が嬉しいものか、私にはわからん」

　安土城の相撲の後、信長は巨大な盃を持たせて無理やりに光秀に飲ませた。その件を秀吉は非難した。

「あれはまだ良い方です。あなたが登城する前日、弥助を見世物のように傍に置くのはあまり好ましくないと物言いをしましてね」

諫言に怒った信長が「生意気なキンカ頭」と飛び上がり、森蘭丸に命じて鉄扇で頭を叩かせたのだという。

「あの小姓めはいつか斬ってやる」秀吉は腹立ちを隠さずに唾を吐く。「あなたは故事に詳しいから知ってるでしょう。宦官とやらが向こうの王朝を滅ぼすとか」

「……信長様は限界まで人を試すのです。試して生き残る者が頼るに足る者だと」

「いや、信長様は男を虐めて喜ぶ癖がある。女は簡単に斬って捨てるが男には違う。荒木村重が良い証拠」

村重の名前で光秀は肝が凍ってしまう。

「アレと信長様は趣が合った。虐め苛まれという間柄に何かがあった気がする。それは衆道に縁のない私でもわかる。信長様との出会いなど、覚えておられるだろう？」

忘れもしない天正元年、摂津をまるごと明け渡そうとやってきた村重に面会した信長は饅頭を刀で三つ刺した。それを村重へ「食え」と命じた。村重は平然と首を差し出して饅頭を食い、信長は高価な脇差を褒美に授けたのだった。

「ところで村重は元気ですか」

驚いて下顎が床に落ちるかと思う光秀。秀吉はニヤッと笑いかける。

「丹波と丹後平定の見事な捌きぶり。畿内および近国を押さえる切り回しと馬揃えの信長様好みの豪勢さを見れば、誰か畿内に通じた凄腕の軍師がいると考えるものです」

シラを切ろうかと迷う光秀だが自信あり気な秀吉を見ると気力が萎える。これはきっと背後に利休がいるのだ。

「漏らしたのは利休殿ですな」

「私は咎めているのではない。信長様の気を損じずに生きて仕えるのは大変だ。そこで信長様に通じている村重を使いたいと思うのも道理。しかも信長様は戦に強いが人心をなんとも思わぬ。それでは天下平定は難しい。この秀吉は忍耐強く、野心もある光秀殿こそ、天下人に相応しいと信じているんです。時は近い、決して絶好の機会が来たら逃されないように。その時が来たら、必ずや味方を！」

光秀は毒気を抜かれて秀吉の宿から帰っていった。まだ堺の利休に村重の生存や所在を確かめていないのに良くも言えたと官兵衛は半ば呆れて称賛した。

「馬鹿野郎、天下を狙う男が芝居を打てずにどうするんだ。よし、芝居ついでだ。

堺へ行くぞ。家康殿に会う！」

急ぎ官兵衛には安土城の傍衆を迎えに行かせることにした。秀吉は少ない警護を供にして堺へ馬を飛ばした。

堺の外れにある庵の手前で馬を下りた秀吉は鄙(ひな)びた門をくぐり、利休に呼びかけた。

「家康殿はいるか？　至急会いたい」

利休は相手を察して中へ招じ入れた。

家康は立ったまま明り取りの小庭に設(しつら)えてある枯山水を眺めている。「猿も馬から落ちると笑われるところだった！」などと廊下から騒がしい声がし、やって来る秀吉に気が付く。

「おお、秀吉殿。忍んで参ったのに、よくもここが」と家康が微笑む。

「猿の耳と鼻は利きます」

秀吉は汗をかき、頬を赤くして礼をする。

「急ぎ参ったのは、あなたのお命をやはり信長様が狙っているからです。しかも光秀殿に命じて。あの方も本当のところは望んではおられない。右大臣信長は誰も手がつけられないのです」

「注進ありがたい。だが、こちらはどうすればよいのか」

「今度の軍議では無事でしょう。ですが甲州での戦では影武者を立てるなどぬかりなく。光秀殿から情報は得られるゆえ、都度都度にお助け申します」

家康は感じ入ったように頷き、以前貰った手紙の礼もくどいほどに述べだした。

「私風情が天下を取る気などない。しかし秀吉殿の厚情は一生忘れられるものではない」

家康がそう結ぶや、いきなり秀吉は庭に下りて土下座した。

「家康殿！　俺は下賤の身からここまで来れた。だが、毛利攻めで運も尽き果てるはず。下手をすれば信長様に詰腹を切らされる。天下など夢の夢だ。だが、だからこそ一つ、願いを聞いて欲しい」

家康は興味を惹かれて、柔和な表情で「その願いとは？」と土下座したままの相手に訊く。

「もしも天下大乱、右大臣信長に何かあった場合、家中の騒動で俺に味方してくれないでしょうか！　一度だけ、天下の夢を見させて欲しいのです！　頼む、お頼み申します！」

コメツキバッタのように頼む秀吉に家康は怯(ひる)んでしまう。これほどまでに身も世もない頼み方が自分には出来ない。

「ほら、このように。家康殿の草履取りも致しましょう！」

秀吉は庭石においてある来客用の草履を懐に入れて温めてみせる。

「しかし、現実にまずは信長殿が天下を治めるはず。天下大乱の気配はない」と真顔で応える家康。

「では、戦陣に出る餞(はなむけ)の言葉とお思いになってください。子もおらぬ、先祖伝来の領地もない。この世に一匹の猿でございます。次は猿にと、そのお言葉を聞かせてくだされ！」

くしゃくしゃの顔で懇願されて、家康も根負けした様子だ。

「次の天下は秀吉殿に。私では心許(こころもと)ないはずだが、お助けしましょう」

そう言いながら庭に平伏した秀吉を立たせる。秀吉はうってかわって晴れやかな笑顔を見せる。

「それでは念の為、ここに署名を願いたい」

懐から一片の紙を出す。秀吉の即妙の間に呵々大笑した家康は快く受け取り、廊下の隅で座っていた利休へ墨と筆をと声をかける。

しばらく動けず、ただ呆然としている利休へ秀吉は「何をしている！　茶人の前に商人のはず。善は急げ！」と命じる。その表情は得意満面であった。

7、家康暗殺計画

さて、時が前後するかもしれないが、家康を亡き者にしようとする信長の暗殺計画のてんやわんやを書いておきたい。

整理すると、信長が天下を狙う危険人物と踏んだ家康を殺すよう、虐めながらも重用する光秀に命じた。信長は光秀や秀吉をゆくゆくは始末したい。で、渋々ながら殺しを引き受けている光秀は信長を討つか信頼を維持するかに迷っている。彼は同志と頼る秀吉に事の次第を打ち明けた。秀吉は曾呂利が演じた「桃太郎」からヒントを得て、光秀に信長を討たせようと決心している。だから光秀に協力するふりをして、織田の内ゲバを利用して漁夫の利を得たい家康を味方につけた。

ただ家康が武田と戦っている甲州と秀吉がいる中国地方では遠い。中間地点の光秀を動かすには堺の利休だけでは手不足だ。誰かを派遣しなければならない。そこで使いに出されたのが曾呂利たちだったのだ。

天正九年六月下旬、鳥取のこと。

足軽の茂助とチビとデカブツは騎馬隊の後を走り、敵地の村人を追い回し、村外へ誘導している。隙を狙って雑兵や足軽はカラになった村で略奪を始める。逃げ遅れていた女に飛びつく。空き家に押し入る。

茂助も士分の徒士なのだがご多分に洩れず、略奪仲間に入っている。年端もいかない少女を背中から刺し、逃げる老女を蹴り、女を追いかけていく。槍で突いて女を転ばせ、這って家屋の中へ逃げる女を眺める茂助。

「ええ尻や。助けたるから、その前に少し」

すっと近寄り、背後から瀕死になっている女を犯し始める。彼が達した際、組み敷いた女が事切れているのに気がつく。不意に屋内に置かれた金の観音像に気が付き、慌てて袴を穿き直し、その像を手にして外へ出ていく。

茂助たちが村人を追って駆け回る姿を、小高い丘に設えた櫓から遠眼鏡で眺めている秀吉がいた。騎馬隊や足軽たちに追われた多くの村人が鳥取城に殺到している。

「作戦通りだな。新左、見てみろ」

側近に抜擢された曾呂利が遠眼鏡を渡されて覗き、「絶景かな、絶景かな！」と叫ぶ。鳥取城は包囲され、周囲には秀吉軍の旗印が翻っている。

「せいぜい眺めて面白い噺を考えろ」秀吉は喜色満面だ。「どのくらいが城になだれ込むんだ」

「二千は城に追い込まれますな」官兵衛が言う。

「やつら直ぐに食い物がなくなる。腹が減った人間がいかに脆いか、食うに困らん身分出のお前らには想像もつかないだろ」

秀次や蜂須賀小六、官兵衛も含め黙り込む。

「それに引き換え我らはホレ」うずたかく積まれた米俵を指差す。「これでいくらでも待てるわけだ。官兵衛、白旗が上がるのはどのくらいと見る?」

「早くて半年、長くて一年でしょう」

貧しさを知っている曾呂利が嘲笑う。

「いやいや。敵の大将は籠城しようという気も固まっておらんで、毎回出たり入ったりしてますがな。戦は腹が減る。もっと早いはずでんがな。遅くとも四ヶ月でしょうな」

「四ヶ月! そんなところだろう」

秀吉は頷いて櫓を下りていく。官兵衛は不服気な視線を曾呂利へ送る。

本格的な兵糧攻めがスタートした。本陣からは絶えず銃声がする。包囲陣地では芸人も招いて歌舞音曲がすさまじい。曾呂利は秀吉らを相手に笑い話。将兵のいる場所ではお神楽から女郎相手の乱痴気騒ぎまで盛り沢山である。

いっぽう鳥取城内は日を追うごとに荒れていった。運び込んだり、流れ弾に当たった死体は腐乱し、ハエが飛びかう。徐々に食料もなくなり諍いも絶えなくなる。曾呂利が予想した四ヶ月後には共食いした屍が転がり、泥団子を頬張る者などがうろつき回っていた。

そしてついに自害して果てた吉川経家の身体からカラスが飛び立つ。死体をついばむ仲間のカラスの群れ。

血だらけの秋だった。

陥落の祝いの席上、秀吉が「新左衛門は落城を言い当てておったな」と喜んでいる頃、官兵衛が曾呂利を陣屋の外にある小屋へ呼び出したのだ。

曾呂利が他と違い整頓され、机と布団だけしかない静かな居室に入ると書き物をしている官兵衛がいた。

「ああ、夜遅くにすまんな。秀吉様がお前と仲間を使いに出したいと言っていてな」

「甲賀に参ったような話でしょうか」

官兵衛は書き物から目を逸(そ)らさず、筆も置かずに「ああいう試験ではない」とにべもない。

「信長公は光秀殿を使って家康公を殺すつもりだ。家康公の身を案じた秀吉様は貴様らに公を護(まも)れと仰(おっしゃ)っている」

「どのようにして？」

「そっちが本職であろう。それは任す。また堺の利休を通じて光秀が匿(かくま)っている村重のことを探れ。大事なのは信長公に光秀の秘密を知られないことだ」

「それはまた……甲賀行きより難しい」

「そうだ、私なら利休を使い村重の立てる家康公暗殺の案を仕入れるな。フフフ、一挙両得ではないか？」

曾呂利は俯(うつむ)いたまま聞こえよがしに「わてらに死んでこい言うのと同じじゃ」と言う。官兵衛はため息を一つつく。そして筆を置いて向き直った。

「この役目を果たせば、お前は側近筆頭に。難波茂助と手の者二人を青衣衆に引き立てようというのだがな」

「青衣？　右大臣信長の親衛隊が赤母衣、黒母衣とは聞いたことがありますが」

「秀吉様もいよいよ天下にご出馬。自前の親衛隊をご所望でな。遊芸に暮らすお前はどうでもよかろうが、友人の茂助は泣いて喜ぶはずだ。とくに今まで、あやつは毎日のように城外で吉川方の挑発のため、泥まみれになって汗をかいていた。ひきかえ、お前は秀吉様に気に入られて毎晩酒席だ。相当にやっかんでいるだろうしな」

　知恵者の官兵衛にやりこめられた曾呂利は面白くないという顔で小屋を出た。茂助に任務を伝えねばならない。

　徒士や足軽頭の休息所は壁もない竹で組まれた藁屋根の掘っ立て小屋だ。曾呂利が覗くと博打に興じる茂助と徒士仲間がいた。丁半博打でイカサマがバレ、身ぐるみ剝がされた茂助がツキを取り返そうと躍起になっている。鉄のついた鉢巻や村で奪った観音像も巻き上げられていた。チビとデカブツは酒を食らって小屋の奥で寝込んでいる。曾呂利が泥酔気味の茂助を呼ぶと面倒くさそうに立ち上がってやって来た。

「お前に出世の話を持ってきたんや。秀吉様の命令で俺らは畿内、甲州まで遠出する」

「俺らって誰や？　仲間が他におるんか」

「仲間はお前とチビ、デカブツだろうが。この任を果たせばお前を秀吉様の親衛隊、青衣衆に引き立てるとお言いや」

茂助は酒で真っ赤になった眼を細めて疑わしそうに「毎日、殿様の前で酒をしこたま飲んでる貴様が任を果たせるもんかな」と訊く。

「そりゃ毎日、戦場で鍛えられてるお前の足手まといにならんように頑張るさ」

「足手まといになるなら、遠慮のう斬るで。チビとデカブツもな、お前がつれないさかい、お見限りや。助けてくれんぞ」

「覚悟してるわ。でもな茂助、ここで任を果たせば、出世で大空に飛び立てるというものや」

茂助は夜空を指差し、「カラスも裸やで。けど立派に飛んで、死体を喰って太ってるがな！」と啖呵を切って奥へ引っ込んだ。

「朝早く迎えに来る。ちゃんと旅支度しておけよ」

曾呂利は少し寂しげに茂助の背中へ呼びかけて踵（きびす）を返した。

翌朝、曾呂利が小屋へ迎えに行くと既に三人は旅支度を終えていた。茂助は「晩のことはすまん。飲みすぎや」と小声で謝る。彼らは鳥取から堺まで四日がかりで歩いて行った。

堺の利休は四人を手厚く迎え、既に密偵に入っていた甲賀の多羅尾四郎兵衛を客間に待たせてあった。四郎兵衛は僧衣に身を包み、曾呂利たちを見ると「お前らも身なりが良くなったものや」と微笑んだ。

「俺ら多羅尾の甲賀衆は、利休さんの周旋で表向き光秀様のために働いているんや」

四郎兵衛は白湯（さゆ）を啜（すす）りながら語りだした。

「ぶっちゃけて言うと、お頭はサル好きやけど、頭のエエ、家康に張ってはる。なので光秀方で草の働きをやっとけば、何かと都合がええんや」

「それで？　俺らは何をすればええんかな。本職やないさかい、あんたの指図に任せよう思う」

曾呂利は横にいる茂助やチビ、デカブツに同意を求める。茂助は頷き、耳の不自由な二人は彼に倣って何度も首を縦に振ってみせた。

「光秀様の軍師は村重や。あいつが立てた案は幾つかある。家康は勝頼の出城、高天神城を攻め落としはって、今は来年の武田討伐の準備で忙しい。特に勝頼の喉笛、木曾を治めてる木曾義昌を仲間にしようと頑張ってはる」

四郎兵衛が説明するところによれば、木曾義昌との秘密交渉は武田と徳川の陣を分ける最前線で行われている。朝鮮半島で喩えたら三十八度線だ。さすがに木曾義昌がいる信濃国木曾谷では武田側に察知される。木曾山脈の森で密会を考えたが道があまりに険しすぎて見送られ、結果、東山道ルートにある神坂峠で交渉をしようと決まったらしい。

「その山奥で村重の計画では武田方の手勢のふりをした連中を寄越すらしいよって、お前らが何とかするというこっちゃ」

「待ってくれ。何とかする言うても、こっちは四人やで」曾呂利は訝しげな顔をして話を制した。「四郎兵衛さんの衆は加勢せんのんか？」

「新左衛門、堅気の暮らしでボケたな。こっちは家康に張ってるが表向きは光秀方や。刺客の相手はお前らで頑張りいな。手勢の規模やら時刻やらはわかったら教えるさかい」

と、無責任に放り出された格好だが、戦国の諜報戦はそのようなものだったろう。忍者たちは生存のために信義を考える侍とは違う処世術を使うしかない。微妙なパワーバランスを計って呉越同舟、敵とも手を結べば、二重スパイのような行為も辞さなかったのだ。

曾呂利たちは翌朝早く、利休に馬を用意してもらい一路、家康がいるという高天神城を目指した。

彼らを城門で迎えたのは本多正信だ。正信は勇猛果敢な本多忠勝と違い、読めない素性の男として知られていた。傍らに伊賀の服部半蔵を従えていた。

正信はまず三河一向一揆に参加し、家康と対決して以来、流浪の武人となる。最初は畿内の松永久秀に仕え、次は大坂本願寺について信長と戦ったらしい。その後、家康の重臣大久保忠世のもとに身を寄せて徳川家に帰参した。京都で下剋上を体現し、毒蛇のように恐れられた松永久秀が評するところでは「徳川家は優れた武人を輩出するが、正信一人だけ、剛でもなく、柔和でもなく、かといって卑俗な男ではない。奇妙な器の武人」だったらしい。本多忠勝はグレーゾーンを多く持つ正信を「一族の面汚し」と嫌っていた。

「遠路ご苦労であるが、お前たちは正式な助っ人ではない。城外に案内するから、そこで待て。明日はお館様が神坂峠へ出立、本隊に気づかれんように護れ」

陰険そうな正信は細い眼をことさらにすがめながら、四人を検分した後、半蔵に命じて高天神城の背後にある代々の城主が使っていたという厩へ連れて行かせた。半蔵は「飯や酒、寝る場所も気持ちばかり用意してある」と言って去っていった。

「なんやあいつ。狡そうなおっさんやった。さっきの服部というのも感じ悪いわ」

　曾呂利が服部半蔵が消えると同時にボヤく。

「新左、ここは夢のようやで」

　茂助は厩を見回して言う。中には馬はいない。かつては豪奢だったかもしれない造りだが、今では壁も屋根も朽ち果てて、干し草ではなく四枚の筵が地面に敷かれているだけだ。

「気持ちばかりやな」茂助が肩を落とす。

　チビが各々の筵に置かれたお盆をデカブツの鼻先へ持っていく。デカブツは腰を折って、冷えた麦の握り飯と漬物、割れ茶碗に注がれた酒の匂いを嗅ぐ。

「有難き不幸せや」

曾呂利は座って茶碗の酒をグビッと飲んだ。

明くる明け方に高天神城を家康と大久保忠世、本多正信率いる手勢が出発した。距離をおいて曾呂利と茂助、チビとデカブツが二人乗りになって二頭の馬で追いかける。

険しい山道に入ると家康たちは馬を下りて林道を行軍する。家康の手勢が乗っていた馬は馬廻りの足軽が引き受けた。同じく曾呂利たちも彼らに馬を預け、苔むして霧深い急斜面を登って家康たちを追う。

途中、昔の戦の死骸なのか鎧を着た白骨の山と遭遇する。茂助は腰を抜かして、したたか尻を岩にぶつけてしまう。

さらに進むと門だけが焼け落ちた山砦があった。砦の門前に家康らしき姿が見えた。すると軽装の武具を付けた正信の従者と足軽がこちらへ厳しい表情のまま駆けてきて「散れ！」と命じた。

「木曾と落ち合う場所まで来るバカがどこにいる！　散れ！」

すると背後から銃撃を受ける。服部半蔵と手の者は大木の陰へ飛び込んだ。砦の門が慌てて閉じられる。

曾呂利たちは散開するが、銃撃は止まず、半蔵らも一緒に皆で這って東側の崖の方へ進む。そして崖の窪地へ飛び込み、斜面の上から狙撃してくる一団を窺う。

「怯えるな！　本多家中の俺を怒らせたな」

そう言って服部半蔵の部下が身体を起こした瞬間、彼の頭が吹っ飛ぶ。後ろにいた茂助の全身が血や脳みそで汚れる。

次いで別方向へ服部半蔵が逃げ出す。茂助はこのままでは撃たれるのを待つだけだと判断し、「鉄砲より上を取ろう」と言い、チビとデカブツと示し合わせて斜面を登ってゆく。

「待て！　早まるな！」曾呂利が止める。

途端に茂助の肩に銃弾が当たり、悲鳴を上げながら斜面を転がり落ちる。曾呂利は窪地から飛び出し、弾を避けながら茂助を庇うように覆いかぶさる。

斜面を駆け登るデカブツがわざと立ち止まっては横に走り、狙撃手の気を引く。弾は足元や樹木に命中する。

デカブツは先の木の陰に隠れているチビへ指を二本立てた。狙撃手は二人だ。そして手でどの場所にいるか合図を送る。

チビは頷いてジグザグに駆ける。敵が隠れている岩陰に躍り込んで狙撃手の喉を掻っ切って銃を奪う。そして木の上にいるもう一人の狙撃手を狙い撃つ。相手の射撃が止んだ瞬間、デカブツが樹木に体当たりした。揺れた木からドサッと人が落ちてくる。即座にやって来たチビは倒れてのたうち回る狙撃手の顔を撃つ。

「苦しい、どいてんか」

茂助が曾呂利に言う。二人は立ち上がり、チビとデカブツのいる場所まで行くと、手分けして砦の周囲に他の刺客がいないか探し歩いた。

半時ばかり後、砦から恐る恐る出てきた正信は掌を返した態度で「でかした！さすがは秀吉殿の精鋭だ」と褒めそやした。

しかし、木曾義昌と家康の会見は別の場所で行われていた。陽動作戦だったのである。それを知らされたのは高天神城までの帰路だった。先頭を走る家康が弓矢で射られて落馬した。手勢は家康を見捨てて、ただ弓矢の方角へ突進した。

「しまった！」曾呂利たちは慌てた。

ところが大久保忠世や正信は悠然と主人の遺骸を見届け、頷きあっている。曾呂利が正信の傍らに行き、「二度目の寄せがあるとは気づかず」と膝をついて謝ろうとすると、ワハハハと二人の重臣が笑い出した。

「驚かせてすまん。こいつは影武者だ」

忠世は「お前らもお館様のお姿は見ておるまい。これからも見せんつもりだ。ホンモノは誰か、知らんほうが暗殺が失敗しやすい」と笑った。

「三河者も曲者やで」曾呂利は茂助に言った。

そんな曾呂利たちは厩から城内へ移るよう言われ、負傷した茂助は足軽頭のための部屋で手当を受けた。

七日後、利休の使者から書状を受け取った。官兵衛の謹厳な文字で「甲州征伐へ信長公出馬の由。このまま家康公のお傍に留め置く」と書いてあった。

天正十年二月一日、木曾義昌が武田勝頼を裏切り、甲州の戦いの火蓋が切られた。勝頼は木曾を攻め、義昌一家を皆殺しにする。三日に信長はこれを合図に兵を動員して武田領内へ侵攻を命じた。三月二日に織田信忠は高遠城を攻めて陥落させる。

三月一日、家康は駿府から進軍し、武田方の穴山梅雪を寝返らせて甲斐へ攻め入る。五日には揖斐に信長、光秀が進駐。三月十一日の天目山の戦いで勝頼が自死して戦いは終わった。この間、曾呂利たちは本多正信に付き従い、家康の身辺を護った。

だが、茂助は「あのタヌキ、偽ダヌキかもしれんのやろ」とホンモノかどうか戦の間、ずっと疑っていた。それもそうで、家康は何度も敵から狙撃されては落馬し、その都度、別の馬群から家康が出現しては進軍したからだ。

「タヌキちゃう、あれは不死身やねん」曾呂利は呆れていた。

「死なないお館様という印象で士気も上がるわ」とは正信の物言い。

甲州攻めの最中、曾呂利と茂助は正信がタヌキ、家康はお化けダヌキと名付けることに落ち着いたのだった。

三月二十三日、諏訪に進駐した信長は論功行賞を発表する。武田信玄が制した甲州を領有出来たとあって、家臣団や同盟者は皆、期待を隠せない顔で茶臼山城の大広間へ入ってきた。

居並ぶ滝川一益、河尻秀隆、家康、木曾義昌、森長可、穴山梅雪、森蘭丸、団忠正ら。皆の前には待っている間の酒肴として信長が用意した御膳が並んでいた。

その御膳にはイワナの塩焼、ワサビ菜の和え物、酒、苔桃の砂糖漬けなどが並んでいて、ひときわ派手に山菜の天婦羅が隠れたメインとして添えてあった。

家康は天婦羅が好物なので視線が自然に吸い寄せられた。

「一益様、この度の北条との交渉など含め、戦だけでない明晰な捌きで感心しました。甲州全域から北条に接する土地を与えられてもおかしくない！」森蘭丸が褒めそやす。

「いや、出来ることをやったまで。俺は今回、領地よりも珠光小茄子を与えられたら本望なのだ」一益は茶の湯に凝っているため、何度も戦陣で信長に私信を送ったのだという。

「それでいかがでしたか」河尻秀隆は微笑んで隣の家康へ話しかける。「公も知りたいでしょう？」

家康は伸ばした箸を止めて、「ああうん」と一益を眺める。

「うん、殿も諒解の様子だった。しかし家康殿は三河以来の望みが達せられ、いよいよ東海一の盟主になるでしょうなあ」一益は苦労人の家康へ尊敬の念を持って言う。

「いや」

再び天婦羅へ伸ばした手を止めて、まんざらでもない家康。

「それがし、家康様に拾ってもらい、所領安堵賜って、傍におられるのが家康様なら、こんなに安心なことはない」と武田を棄てた穴山梅雪が坊主頭を光らせてホクホク顔だ。

「さてさて、右大臣の御成の前に、せっかくの酒肴を頂こうじゃないか」

一益が箸をつけ、皆が食事を始める。家康はホッとして天婦羅をまず食そうと摘み上げると、そこへ「失礼します」と毒見役の侍が慌てる様子を押し殺して入ってくる。

「先程、本多正信様より武田の残党に不審な動きありと早馬がありました。その酒肴、天婦羅は品書きに急遽加えられたゆえ、未だ務めを終えておりません。そちらのみお預かりしてと……」

家康は「天婦羅は揚げたてのもの。熱い油で揚げておるから、毒はない」と普段の落ち着きを失って口を尖らす。

「いやいや、武田の残党は恨み骨髄に徹していると聞きます。ここは我慢を」

一益が取りなすと、毒見役の部下がぞろぞろと入ってきて天婦羅を盆に回収して部屋を出ていく。舌打ちする家康。

そこへ森蘭丸の「御成！」の声。光秀が先導して信長が現れると雑談を止めて一同がひれ伏した。

現代の官房長官よろしく、上座に座った信長の前に立ったまま光秀は論功発表の紙を開いて読み上げ始める。

「今回は積年の課題であった甲州征伐を上首尾にて達成出来たことを諸将と共に喜びたく思う。さて、この度、数日をかけ、今後の天下情勢を睨(にら)みながら右大臣信長様が考えられた論功を申し渡す。まず、滝川一益殿！」

一益は苦み走った顔を引き締めて一礼する。

「関東御取次役を命ず。上野(こうずけ)一国、小県(ちいさがた)郡、佐久(さく)郡を治められよ」

茶器が貰(もら)えず、一益は拍子抜けだ。

「河尻秀隆殿、甲斐、穴山領以外を治めよ。穴山梅雪殿、甲斐所領安堵」

次々と申し渡される褒賞が全て皆にとって「少ない」もので、諸将の平伏して隠れた表情があからさまに曇っている。その空気の悪さを信長は楽しみ、蘭丸も含み笑いを禁じえない。

「最後に徳川家康殿。駿河一国」

家康は内心では怒りながらも神妙に頭を下げる。せめて西国の領地、役職をくれてもよいではないか！　信長は戸惑う家康を見てニヤリと笑う。

「家康殿、酒かと思ったらまるで酢を飲んだような顔だな。不満があるなら申してみればいい」信長が立て膝になって問う。

「顔が陰気なのは生まれながら」家康が軽口で逃げようとする。

「駿河一国で満足なら笑えばいい」

「……いえ、戦った武田の諸将の働きを考え、どう死んだ者を葬ろう。生きながらえた者を何としようと考えますと笑うに笑えず」

「殊勝なことだな」

あまりにも真面目にリアクションを返されたので信長も荒れ狂えず、頰がピクピクと痙攣（けいれん）する。

「だが、落ちのびた連中は召し抱え許さんぞ。生死を問わず懸賞金をかけて追い回す。旧武田の者は皆殺しにして、新しく甲州を立て直してみせるからな！」

皆を引き下がらせた後、信長は怒りを爆発させて光秀へ飛び蹴りを食らわす。倒れ込む光秀を蘭丸と弥助がキャッチして押し戻し、また信長が腰に差した鉄扇で殴打する。

「アホ！　キンカ頭！　またやらかしたな。貴様は論功発表の折に家康へ駿河一国だけをくれてやると言えば尻尾を出すと言ったろうが！　それが何だ、あいつの真面目ぶりで他の連中が感心してたじゃないか」

光秀は「家康殿は知略の人、そうそう尻尾を出さぬとわかりました」と空気の読めない真面目な返答をする。

「弥助！　こいつを放り投げろ。で、蘭丸、刀の鞘ごと打ち据えろ」

光秀は「おい」と小声で抵抗するが、筋肉隆々の弥助に腰だめに抱えられる。そしてエイッと投げられた。光秀が床に衝突する前に蘭丸がゴルフのスイングよろしく刀で打ち据える。顔をしたたか打った光秀は鼻血を両手で押さえ、床に丸まって痛みを堪える。

「アハハハ。これは面白い。人じゃ面倒だから蹴鞠で試すといいかもしれん」

蘭丸と弥助は信長に同調して笑う。光秀などいないかのように。すると光秀を呼びに毒見役が入ってくる。

「光秀様、大変にございます。こちらへ！」

信長も興味を惹かれ、光秀の後から毒見役の間までついてくる。天婦羅を試食し、血を吐いて死んでいる毒味頭がいた。

「またも！」

さすがに光秀は唇を嚙んで俯くしかない。だが、信長は一度怒りを発散していたからなのか機嫌を直していた。

「キンカ頭はボケておる。今度は俺の妙案があるぞ。光秀、富士見物に行く。お前が教えてくれたが、家康が天婦羅より好きな鷹狩の準備をしろ。その時、武田の落武者が不意に俺の客人である家康を襲ったらいかん。急に駿河一国がお前のものになってしまうしな！ いいな、富士の裾野の鷹狩、丁重に家康をもてなすのだぞ」

四月一日、富士を望む台ヶ原での鷹狩に家康は招かれた。曾呂利たち四人も本多正信と服部半蔵に命じられて家康の傍衆と同行していた。光秀に顔がバレないように頭巾を被り変装している。

山々の稜線がはっきり見え、富士も雪の積もった頂上付近以外は青々として風格を示していた。

「こう見ると、どんくさいもんだな。子供の時、『竹取物語』の末尾で読んで、どんな山かと思ったものだったが」

陣幕を張った本陣で家康へ語りかける信長を曾呂利は初めて眺めた。天下人らしくない小柄で線の細い、いやにセカセカした変わったやつに見えた。

「山なぞ邪魔だな。天下を一つにして、さらに大きくしたらいらん山は崩してしまおう。そうすれば家康殿、山海の幸は言うに及ばず、珍しい顔の女も手に入る！　アハハハ！」

まだ寒風が吹く中、諸肌脱がせた弥助の胸板をやたらと叩いてはしゃぐ信長だった。

「ホンマに信長様か？　あないなヤツ、野良仕事も満足に出来へん。俺の村やったら二日で埋められる役立たずやで」

信長の奇行に、茂助もがっかりした様子だ。

鷹狩に刺客が現れるという情報を曾呂利は四郎兵衛の密書から得ていた。その際の討手には武田家が使っていた「草の者」と四郎兵衛の主人である多羅尾光源坊の手の者が含まれているという。

「我らの頭は家康贔屓ではある。が、光秀に金銀を山と積まれ、おまけに南蛮のフロイスとの会見まで条件に出されて討手を出すのに応じた。キリシタンの頭にとって憧れの的、会いたくて仕方がなかったのだ。許せ、俺は頭が黒というものは黒、白というものは白と言う立場。新左衛門へ助け船を出すとすれば、藪に気をつけろということだ」

そんなふうに密書は結ばれていた。

鷹狩は始まり、家康と信長が各々育て上げた鷹が青い空を舞い、滑空した。徳川と織田の追手が高級な猛禽類を追いかけて野を走る。

家康と傍衆が背高く伸びた薄野へ徒歩で入る。曾呂利たち四人も視界の及ばない草叢へ分け入っていく。

「散るか？　どうする」茂助が訊く。

「散っては皆殺しにされるかもな。ここは離れず刺客を探そう」

遠くから法螺貝や陣鐘の音、鷹を追う侍の叫びが聞こえてくる。そこへ鋭い銃声がした。曾呂利は黙って銃声の方向を指差し、チビとデカブツを先に走らせた。

進めど進めど薄ばかりだ。まるで草の海に迷ったかと思った。茂助が不意にチビとデカブツを追い越した瞬間、丸くて狭い空き地に出てしまう。

「何やここは。おい、このまま……」

曾呂利とチビ、デカブツが固まっている。振り向けば、向かいに見慣れない男たちが短刀、弓矢、鉄砲を持って立っていた。明らかに刺客の一団だ。しかも数が倍以上。

「タハッ！」思わず茂助は笑ってしまう。

相手が動けば一人残らず殺せ。生き残るにはそれしかない。

曾呂利は眼で皆に伝え、刀の柄（つか）に手をかけた。

——と、鷹が捕らえた血だらけの白狐を信長は天に捧（ささ）げ上げてご満悦だ。

「家康殿は迷ったんではないか。心配だのう、ここらはまだ武田の者がいると聞く」

芝居がかった心配顔で本多正信や大久保忠世に声をかける。

「おい。光秀、探してまいれ！」

光秀と家臣の手勢が薄野へ向かって走ろうとすると、向こうから狼を捕らえてやって来る家康たちと鉢合わせになった。

「まさか狼を獲るなど、いや驚いた」

信長は家康が生きて戻ったこと、獲物の差で憤り、物凄い形相で光秀の後ろ姿を睨む。

彼ら大名家臣の本陣の反対側、薄野の出口である野原に全身血まみれの茂助、曾呂利、チビとデカブツが息を切らして現れる。

背後の薄野は敵方の血で葉っぱが濡れ、地面には討手の死体や斬られた腕や足が転がっていた。

その後、信長と光秀は家康に東海道見物に誘われた。ここでも家康の寝屋へ信長が招待の返礼として呼んだ女を忍ばせた。だが、女の待つ寝屋に家康は現れず、本多忠勝相手に碁を打っていたりと危機を脱した。その時も曾呂利と甲賀の四郎兵衛が通じ合っていたからこそ、家康は命拾いしたのだった。

こうして甲州攻めに乗じた家康暗殺作戦はことごとく失敗した。

やっと曾呂利たちは長い任務を終えて、駿府から堺、姫路城、そして高松城攻略に入る秀吉軍へ帰参したのだ。

四月二十二日、光秀は亀山城に戻った。「村重はどこだ！」怒りに震える光秀が村重を探している。座敷牢にいる村重をいきなり足蹴にする。

「しくじりの連続だ！　見ろ、俺の命はお前のお陰で危うい」

光秀の顔は殴られたのか腫れ、襟元にも刀傷が見える。

「貴様、本当に俺に尽くす気があるのか！　もう愛想が尽きた。ここで殺してやる。理由はなんとでもつく」

「ま、待てや！　そんなら、ええのがある。聞け、聞け！」焦る村重は向かってくる光秀を両手で制する。

「貴様は信長公へ弓引いてしくじり、今度は家康もだ。お前ほど無能はおらん。死ね！」

「待て！　絶妙、諸葛孔明も驚く妙案を考える。それが気に入らんかったら斬れ。お前に天下を授ける絶妙手だ！　な？　頼む」

8、高松城水攻め

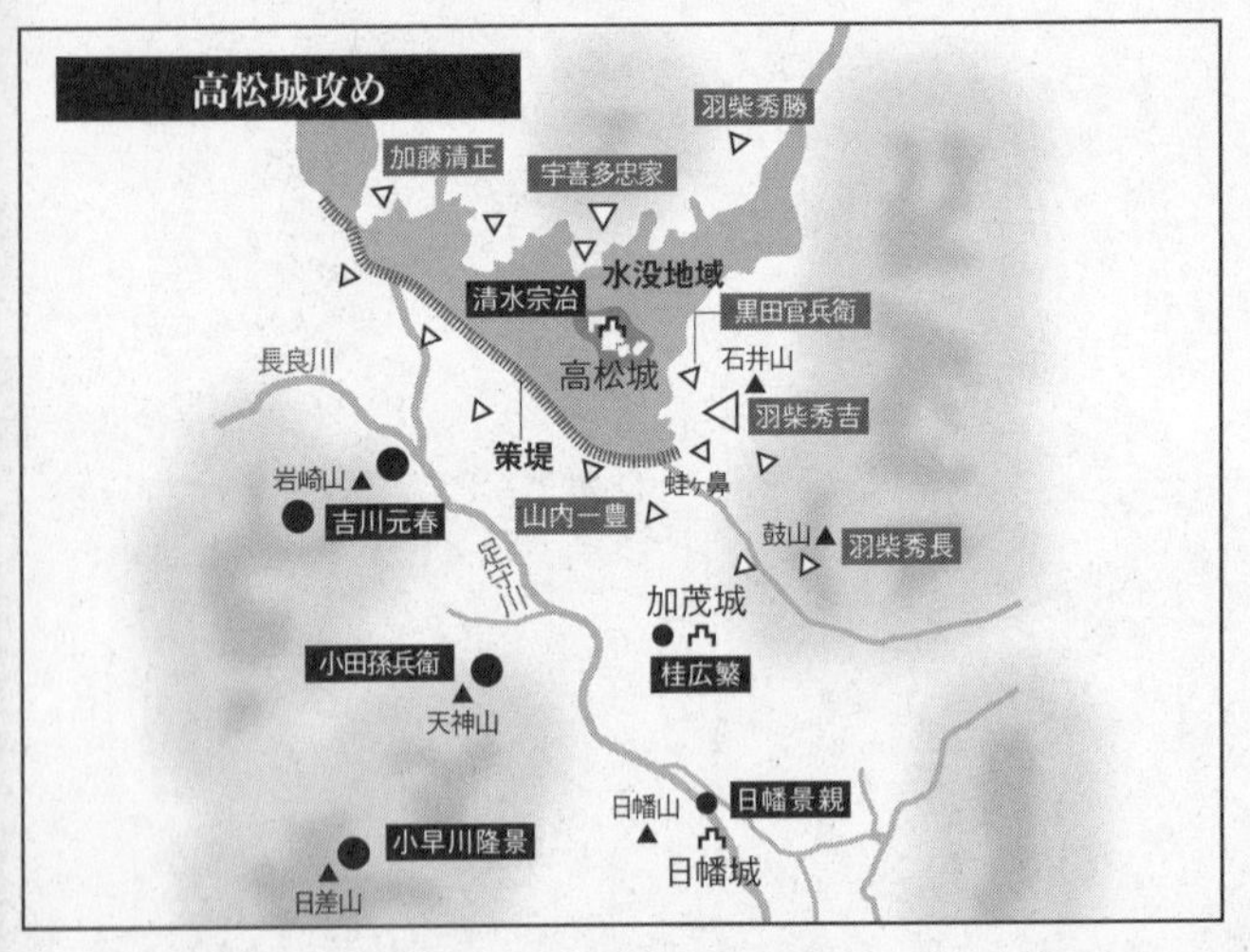
高松城攻め
羽柴秀勝
加藤清正
宇喜多忠家
水没地域
清水宗治
黒田官兵衛
高松城
石井山
長良川
羽柴秀吉
策堤
岩崎山
蛙ヶ鼻
吉川元春
山内一豊
鼓山
羽柴秀長
足守川
加茂城
桂広繁
小田孫兵衛
天神山
日幡山
日幡景親
小早川隆景
日幡城
日差山

天正十年四月、秀吉は二万の軍勢を率いて高松城を目指して進軍、宇喜多秀家(うきたひでいえ)の軍勢と合流して岡山県岡山市に位置する冠山(かんむりやま)城を落としたばかりだった。

秀吉の陣地へ戻った曾呂利と茂助ら四人は、約束通りの褒美を得た。曾呂利は側近の筆頭に召され、茂助とチビ、デカブツは青衣衆に任命されたのだ。

「なんやソレは？」

馬場の外へ現れた三人を見た曾呂利は腹を抱えて笑う。馬もなく、徒歩に適した簡素な具足を身に付け、頭はシンプルなヘルメット形の頭形兜(ずなりかぶと)だった。三人揃って具足はスカイブルーに塗られている。しかも背中に青いパラシュートのようなものを背負わされていた。

「官兵衛様が言うにな、戦場で思い切り駆けて背中の母衣(ほろ)を膨らませって」

「目立つやないか」

「うん、立派に秀吉様の弾除(たまよ)けやって。弾除けのためやて、堪忍やでまったく！」

背中の母衣は風もないため、しょぼんと情けない。曾呂利は情けなさそうにする三人が余計可笑しく、また笑いだして止まらなかった。

翌月七日から秀吉軍は蛙ヶ鼻に移動して陣を張った。

毛利の本拠地の寸前に位置する高松城は清水宗治が守っている。ここを奪われたら毛利輝元の喉笛に刀を突き付けられたも同然だ。秀吉も毛利もここが天下分け目と両者総力戦の構えを見せていた。

高松城は湿地帯に建てられた平城で、鉄砲の防御にも向いているし、城から討って出れば地の利を生かして攻める側を叩けもする。しかも輝元が準備している四万の援軍が来れば、秀吉としてはキツい戦いになるのは必定だった。

城を望む櫓。秀吉が利休からの手紙を破り捨て、脇に挟んだ遠眼鏡で眺める。厳しい顔の官兵衛や蜂須賀小六、養子である羽柴秀勝らに比べて秀吉は上機嫌だ。城に突撃する兵士が泥にハマって右往左往し、一斉に鉄砲で撃たれる様を見ては

「いけいけ、ああ駄目だ。馬鹿野郎！」と大笑いだ。

「秀勝、どうだお前も眺めろ」

やたらとはしゃいで勧めるが、秀勝は生真面目な顔を崩さない。

「三万の軍勢を正面攻撃ばかりで使っては無駄死にです。作戦のご再考を、父上！」

そんな忠言は耳に入らないらしい。夢中で遠眼鏡を覗きながら「惜しい！　もうちょっとだ。ああ撃たれたあ」などと楽しんでいる。

「父上！」秀勝が進み出る。

するといきなり秀吉は声音をシリアスにして「官兵衛、あと何千突っ込ませようか？」と訊ねた。

「二千五百くらいでは」官兵衛が言う。

秀勝が「それでは足軽たちはモノ同然ではないですか」と言い募る。秀吉は初めて振り返る。顔は真っ赤で怒りの形相だ。

「やかましい！　グダグダ言うな！　相手の鉄砲の弾切れを待っているんだ、そんなに足軽が可哀想なら、お前が突っ込め！」

思わず遠眼鏡で秀勝を叩いたので、せっかくの道具が壊れる。

「あー、家康殿から貰ったのに。これ、どうすんだ」と文句を言う秀吉。

暫くして秀吉は声を潜めて官兵衛へ「さっき新左衛門が持ち帰った利休の手紙。

村重のやつ妙手を考えたらしい」と教えてやる。

家康警護から戻った曾呂利はすぐに側近の筆頭として利休のいる堺へ送られた。

その役目は信長、光秀、家康の動向を探っている利休の報告を受けることだ。

利休は近く光秀が軍務を解かれ、安土での外交役に抜擢されると報せてきていた。初めの仕事は長宗我部との四国交渉、そして武田討伐で活躍した家康、穴山梅雪たちをもてなすという役目である。

信長はいよいよ家康を暗殺ではなく、自分の足元に呼び寄せて誅殺しようと決心したのだ。穴山梅雪と家康が武田家再興の陰謀を巡らした疑いで殺すというものだった。

「これは信長様が冴えていた」秀吉は官兵衛に感心しながら教える。「家康殿は武田家臣を隠れて召し抱えていたのだ。それを知っての計画だ」

饗応役兼家康討伐の打診を受けた光秀は村重に相談した。そこで村重が進言したことは光秀を激しく動揺させてしまったらしい。判断に迷った光秀は利休へ内々に相談してきたというのだ。村重のアドバイスとはこうだった。

「光秀殿、これは好機！　信長、家康という二匹の兎を仕留めることが出来るやないか。信長は軍の召集をかけへんで手薄な守り。家康も物見遊山で畿内に来る。他の連中も他国で手が回らん。まとまった兵隊を動かせるのはあんただけや。え？　討った後はどうするって？　あんたの後ろ盾は秀吉やろ？　あいつとこは畿内に一番近い大軍や。ここで頼って援軍になって貰えばええがな。これは千載一遇、逃したらあかんで。妙手やろ？」

利休は光秀に相談されて、信長の天下が来たら自分の茶の湯に未来はないと告げ、秘密裏に秀吉に取り次ごうと申し出たのだった。

秀吉の眼はらんらんと輝いた。そして一言、「俺も千載一遇の機会と思う」と笑った。

秀吉が面白半分で眺めている最前線は地獄のようだった。騎馬隊が城の寸前まで迫っていく。青い母衣をつけた茂助は全力で走っているので顎が上がっていた。

馬が沼地に脚を取られ、乗り手が次々と落馬していく。落ちた侍は重い鎧兜で動けない。茂助が助けに行こうとすると弾や矢が降り注ぐ。命中した弾は兜を貫通して侍たちが死んでいく。茂助をチビとデカブツが押し止める。

と、周りの味方が「引けー!」と声をあげる。

いきなり城門が開き、敵の騎馬や足軽の集団が繰り出してくる。茂助は退却しようとするが泥濘(ぬかる)んだ土に脚を取られてうまく動けない。

気がつくと周りを敵の足軽、騎馬武者に囲まれてしまっていた。足軽が槍(やり)を突き出した。チビが槍の柄に飛びつく。そのスキにデカブツが足軽の首を斬り捨てる。チビは奪った槍を迫ってくる騎馬武者の顔に投げる。顔面を刺された武者が沼地に落ちる。

槍を振るうデカブツの背後に隠れたままチビは寄せてくる敵のアキレス腱(けん)を次々と断っていく。今度はデカブツが剣を捨て、腰に巻いた分銅を振り回し、先端の錘(おもり)で雑兵や侍を叩き殺す。

茂助はやっと泥濘(ぬかるみ)から抜け、秀吉方の武者や徒士(かち)と一緒に走ろうとする。

「おい、鉄砲隊だ!」

と、味方の武者が叫ぶや弾が顔の真ん中に命中する。茂助は隣にいたその武者の首を斬る。素早く兜を脱がせて、一度は撃たれた武者の顔を地面へ叩きつける。

その後は首を抱えてチビとデカブツに挟まれて敗走した。

本陣にその首を届けると、現れた官兵衛が検分した。首の顔は銃弾で粉砕され、髪も乱れ、原形をとどめていない。ぜったいに怪しいとわかっているが官兵衛は士気を高めるために大声で褒める。

「さすが青衣の難波茂助だ。この首、確かに敵の武者。皆の者もこやつを見倣え、そして首級をあげろ！」

曾呂利は茂助を讃えて勝鬨をあげる集団を遠くから眺めて、「あいつも無茶しよるわ」と呟くのだった。

この数日後、数騎の供だけを連れ官兵衛は秀吉の意を得て、密かに毛利側の僧侶にして政僧である安国寺恵瓊に会いに出かけた。

恵瓊は広島県鞆の浦に在所を構え、そこで毛利輝元と策をやり取りしていた。ここは反信長の急先鋒足利義昭が京都から追われ、毛利の庇護下に置かれている場所でもある。恵瓊は毛利家中では親信長派で知られ、再三、輝元へ織田家と同盟を結ぶよう意見をした。だが、聞き入れられない。一刻者の彼は本陣に出仕せず、鞆の浦で様子を眺めていようと決めていたのだった。

女衆に身体を揉ませていた恵瓊は官兵衛の来訪を最初は驚きつつも、持ち前の剛毅(き)さで迎え入れた。女を追い出す間、官兵衛たちに旅塵(りょじん)を落とさせるために湯の入った盥(たらい)を出し、簡素な仏閣造りの家へ案内した。

「久方ぶりですな。さ、茶より酒をどうぞ。安芸の酒はなかなかやから、まずは」

恵瓊は僧侶然とした落ち着きを装って微笑む。官兵衛は椀(わん)の酒に手を付けずに本題を切り出した。

「秀吉様は毛利と和平を結びたがっている」

恵瓊は先に盃(さかずき)へ手を伸ばし、酒を含んだ顔で官兵衛を睨(にら)んだ。

「ほほう。面白い、そげな大事な話を持って来られるとは」

「近く織田家中は揉める。信長公が家督を嫡男信忠様に譲るという密書を我らは先日、手に入れましてね。秀吉様は和をもって尊しとなす方、秘密裏に処理したが、噂は広まり家臣や同盟者は動揺しているというわけで」

「嫡男が継ぐのは自然じゃろう。何が問題なんですか」

「後継者を嫡男にするということは信長公は公言せず、実力次第で指名するというようなことを話していたんです。秀吉様、滝川一益、丹羽長秀、柴田勝家、明智光秀。事によれば徳川家康にまでその旨を言ってましてね」

「ふん。それが空手形になったと」

「で、困ったことにこれらの後継者候補を信長公は始末するという動きに出ている。家康は甲州で何度も狙われ、このたび謀反人として畿内で討たれる」

「誰が家康を？」

「近畿管領同然の光秀だ。しかし、光秀も危ない。勝手に兵を動かし、家康を討って騒動を起こしたと責められるか、または徳川家中と戦わせて始末するか。いずれにせよ、後継者殺しが始まるはず」

　恵瓊は突然、「ワハハハ」と哄笑する。

「ややや、神も仏もないのう。信長は常識はずれやけえ、とことんやると思うたが、少し早まっとるんやないんですか。天下人目前で血迷うて」

「僧兵や一揆の衆への所業、武田遺臣への非道を見れば、まあ乱心もわからんでもないでしょう。今に始まった話ではない。怖気づいているのが光秀と家康だ。彼らは信長公を返り討ちにするかもしれん。その警報を我々は堺から手に入れた」

　恵瓊は酒を矢継ぎ早に飲み干しながら「それで」と促す。

「信長公が家康を誅殺した場合も、返り討ちに遭った場合も秀吉様は上洛する気構えです。毛利と事を構えている場合ではない」

「気構え？　どういうもんか、はっきりせんと、わしのような阿呆坊主にはとんと理解出来ませんの」

「ならば言おう。このような血で血を洗う争いを秀吉様は望んでいない。事が起き次第、上洛して嫡孫の三法師様を立てる。道理をもって諸将と諸国をまとめるのです」

「秀吉様が道理に抗う信長公を討つ？」

官兵衛は無言だ。肯定否定どちらにも受け取れるが、恵瓊の手が激しく震える。

「この天下の大事、安国寺恵瓊しか頼れない、そう秀吉様は申されています」

ギラリと恵瓊の眼が光った。

翌朝、帰途につく官兵衛を送るため、恵瓊は手勢を引き連れて国境まで同道した。

「昨夜、考えたんですけどな。うちの輝元様は高松城が落ちんことには引くに引けんのですわ。意地張って信長と相対したわけやし」

「輝元様ほどの大名なら体面は大事です」官兵衛は頷く。

「加勢の輝元様の軍とあんた方が殺し合うたら遺恨は残る。その前に何とかせんといけん。スパーッと見事に高松城を落としたら、ウチの殿も考えると思う。そこでわしが強く出て秀吉様と和睦ちゅうことを言えば、上首尾になるんやないか、と」

「しかし清水宗治は我らを苦しめてます。そう簡単には落ちない」

「でな、高松城は三方が沼、残りの一方が水堀となっており要害やけど、逆に考えればソレが弱点やと言われとるんです。頭のいいあんたや秀吉様ならピンと来るでしょう」

官兵衛は馬を止めて恵瓊の坊主頭を眺める。

「そうか！　なるほど」

官兵衛は思いついた。城の西側を流れる足守川の水を堤防内に引き込めば高松城は孤立するはず。

すぐさま秀吉の陣に戻ると官兵衛は秀吉に案を具申。蜂須賀小六へ堤防の造成工事を命じた。コトが順調に進むと踏んだ秀吉は曾呂利に向き直り、自信満々で顔を輝かせた。

「新左、お前は使者として中国攻めに信長様へ出馬願いを出してこい。で、家康殿を駿府に帰さず堺に留め置くのだ。貴様が演った『桃太郎』では、ちっとつまらんから少し変える。猿は鬼も味方につけ、犬に桃太郎を討たせる。ただし、猿はキジも犬も一緒に討ち取る！　まずは桃太郎を罠にはめ、鬼と猿が仲直りしたことを犬に教えてやるんだ」

曾呂利はその夜、茂助に暇を告げに行った。だが酔いつぶれた友人は目を覚ます気配もない。折り重なって寝るチビとデカブツだけを起こし、三人で畿内へ向かったのだった。

翌朝、茂助も足守川工事に駆り出された。

「侍になったのに、何でモッコ担ぎをせにゃあかんのだ！」

泥だらけの茂助が土嚢を平侍や足軽、雑兵と共に担いでいる。

足守川を堰き止め、城の周囲に水を溢れさせる堤防は門前村から本陣を構える蛙ヶ鼻までの東南四キロ、幅は十二メートル、高さ五から八メートルのものだったという。

この時、秀吉は高松城が浮島になってしまった場合に備えて、という名目で地域の船頭や漁師を集めた。船の買い上げと一緒に瀬戸内から姫路の英賀への運送も募った。予備の武器や防具、兵糧などを運べという。畿内で騒動が起きた場合、すぐに駆けつけられるよう秀吉は計算していた。毛利との和平が成立して姫路に帰るには、重装備のままでは間に合わない。とにかくスピード重視だ。速さで天下を取るのだと。

茂助が何度も不平を述べるので、頭の蜂須賀小六が「グズグズ言うな！」と叱り飛ばす。騎馬隊の馬が土嚢を積んだ荷車を引いていく。作業は農民も手伝って急ピッチで進み、茂助は相変わらず「どうしてこんなこと」とボヤいている。

高松城周辺は湿地であるため、雨には弱かった。川の水を流し込まれたら尚更（なおさら）だ。

起工から十二日目の五月二十日、工事が終わった。

そして待望の雨が降り出した。激しい雨になり川が増水していく。城の周囲も水嵩（みずかさ）が増して、ついには城は急に出来た池の浮島に変わってしまったのだった。

秀吉は櫓の上で小踊りしている。下にいる官兵衛に向かって「無礼講の大騒ぎをさせろ！」と命じる。

その日からは昼夜問わずに農民も交じっての大騒ぎだ。お抱えの大道芸人から女郎、博打（ばくち）に相撲の酒池肉林。城を囲んで大カーニバルが繰り広げられる。浸水した城内にまで騒ぎが聞こえ、物欲しそうに敵の城兵が外を眺める。茂助は女に馬乗りになり大笑いしていた。

五月二十一日、倉敷の猿掛城に入った輝元は高松城を望む岩崎山に陣を張る吉川元春により、城が水中に孤立しているのを知らされた。突然の劣勢を知った毛利勢は安国寺恵瓊を使者に立てて、秀吉に和睦を申し入れてきた。

本陣の指揮所へは恵瓊と天野元政、香川春継がやってきていた。秀吉はその場に出ず、官兵衛を名代にして蜂須賀小六や秀勝らが応接した。

が、初っ端から交渉は難航した。

「うちらとしては備中・備後・美作・伯耆・出雲を差し出す、代わりに清水と城兵を助けてくれと頼んでるんだ。なんで駄目なのか、そこは」

恵瓊が指揮所の卓を叩いて押し出す。

「そうだ。完全に負けというのと同じじゃろうが。どげな悪大名でも飲む話やないの」天野元政が同調して言う。

「清水宗治は我らの兵隊を山ほど殺した。それを許すというのは納得出来ない」

冷然と官兵衛が言い放つ。

「そんな法外なことは聞き入れられんのじゃ。わしは僧侶、仏法に逆らう申し出やないの。清水は城と一緒に死ぬ、言うとる。同じ武士なら気持ちはわかるのじゃないの？」

「武士なら詰腹切ればいい」

官兵衛は押し返す。

「ただ城の者は見逃すと言っている。これでも仏法に背くというのか？」

「清水くらい見逃せや。城主の覚悟を聞いての、毛利侍が『ああそうですか』言うわけないやないの。他所（よそ）から来た侍どもの風下に我らは立たんで！　輝元様も出馬する。そうなったら、ここらは俺らとお前らの血の海になるけえの！」

昂然（こうぜん）と恵瓊は席を立つ。他の使者も彼に倣い本陣を出ていく。

「官兵衛！」

秀勝が止めもしない軍師を責めるように言う。

「帰るというなら帰せばよいのです。御大将のご意思を伝えたまで」

恵瓊は秀吉陣を出る途中で頬が緩んだ。芝居がうまくいったので我慢出来なかったのだ。それを軽口でごまかす。

「ほんまやれんのう。あないに思い上がった軍勢など、蹴散らしてやればええんじゃ」

今日の話し合いのすべては官兵衛との打ち合わせ通りなのだった。

9、本能寺

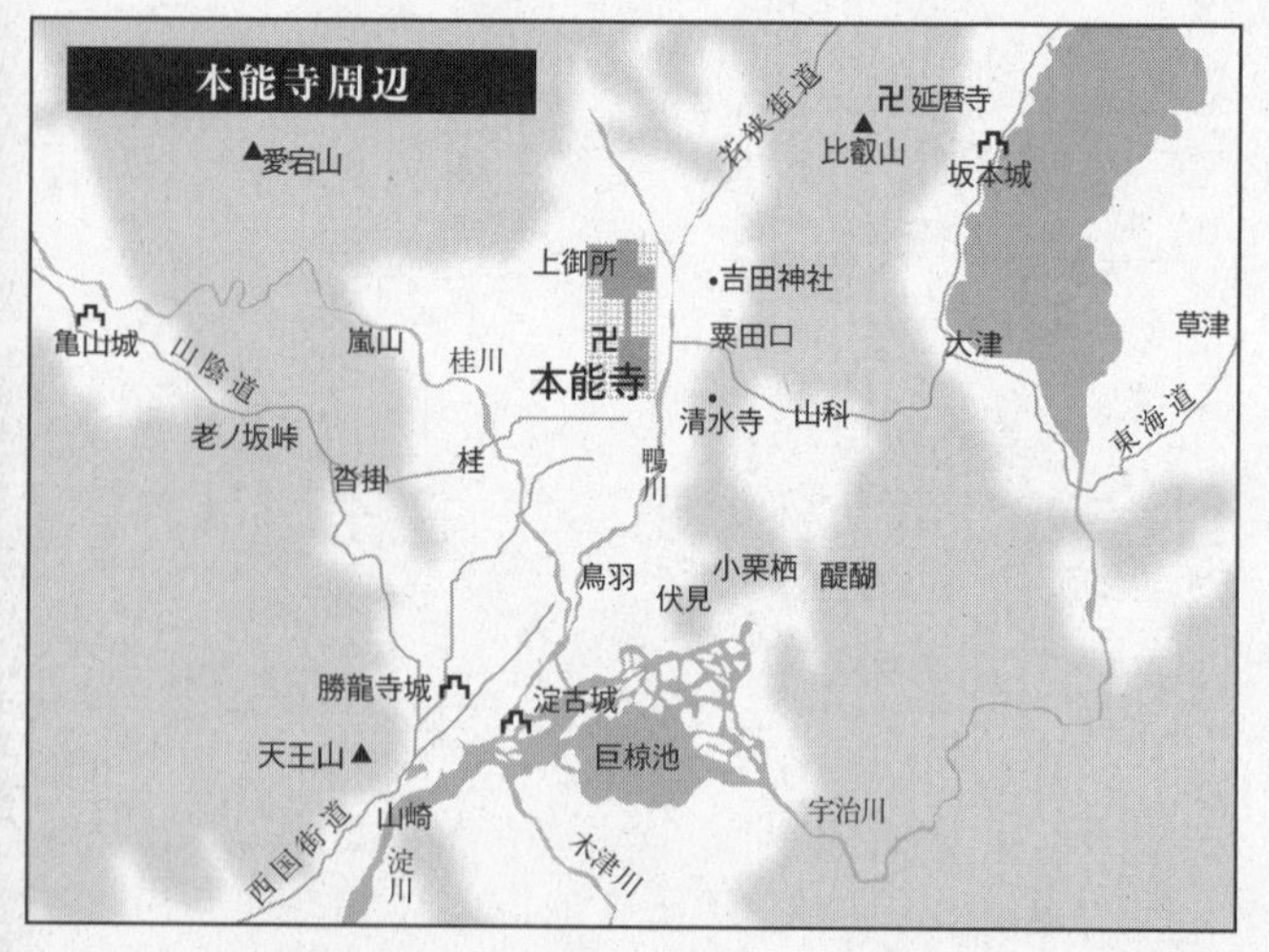
本能寺周辺
愛宕山
若狭街道
延暦寺
比叡山
坂本城
上御所
吉田神社
亀山城
嵐山
桂川
粟田口
大津
草津
山陰道
本能寺
清水寺
山科
東海道
老ノ坂峠
沓掛
桂
鴨川
鳥羽
伏見
小栗栖
醍醐
勝龍寺城
淀古城
天王山
巨椋池
宇治川
西国街道
山崎
淀川
木津川

恵瓊と官兵衛による出来レースの和睦会議の一回目が行われた日から遡ること九日、五月十七日に秀吉の使いである曾呂利が安土城に到着した。彼は控えの間に通され、秘書役でもある森蘭丸と無言で対座していた。

時刻を知らせる寺の鐘のように、このところ毎度である信長の叱責が安土城内で鳴り響いてくる。

「俺を的にかける足利義昭に会えだと？　いつから俺に指図するようになった？　家康どもを上手くもてなしているので増長してるな。大事な仕上げをやってのけて、天下の謀を具申しろ。違うか！」

「申し訳ありません。秀吉殿の毛利攻めを上手く運ばせるためにはと、ただ考えを一つ出したのみ。これから信長様が天下人として立つ折に、義昭は利用価値があると思い」

「天下人？　もうなっておるわ！　誰のお陰で貴様は重臣に取り立てられたと思う」

「信長様のお陰です」

「本当にそう思っているのか？　近江五万石、丹波二十九万石を与えたのは俺だ。駿府もくれてやろうと思っておるのに。思い出してみろ、朝倉に仕え、足利にも仕え、貴様は流れ者だったろう」

　信長は虐めの快楽に酔って、言葉が収まらない様子だ。

「貴様は朝廷とも仲がいい。京都所司代の村井貞勝ともつるんでるだろう。朝廷と足利の間者じゃないだろうな！」

「滅相もございません、拙者お館様一筋、懸命に生きて参りました」

「では聞くが、俺は誠仁親王への譲位を条件に帝に大臣の受諾を了承した。だが、やつは一向に動かんじゃないか。俺の面目丸潰れだ。この始末どうしてくれる、貴様は主君に恥をかかせたいのか！」

　機関銃のような責め文句にただ平伏している光秀だ。

「朝廷では金神の祟りを大変恐れて譲位出来ない理があります。どうかご勘弁を」

　有無を言わせずに信長は残忍に笑いながら光秀を蹴り、倒れたところを鞘ごと刀で殴りつける。

「蘭丸に聞いたが朝廷が俺を将軍に推挙したいと言っているらしい。何が将軍だ、俺は足利より、朝廷風情より断然上だろうが」

ドスンドスンと大きな音が曾呂利が座している控えの間へ響いた。その後、信長が顔面血だらけの光秀の髷を摑んで現れた。信長は半狂乱になっているが、小姓や女共には日常のことらしく、黙って見ているだけだ。

「このキンカ頭は毛がなくて摑めん！　ハゲの中のハゲめ！　流れ者の成り上がり者らしく、今度賢しら口を叩いたら、領地もない身にしてやるからな」

使者の前で大騒ぎである。二人は「覚悟しておけ」「お許しください」「うるさいこのハゲ！」と応酬している。曾呂利は蘭丸に「控えていろ」と命じられているから黙ったままだ。

この信長が常日頃、光秀に対して口にするキンカ頭とは金柑の頭のことだ。曾呂利が利休に教えられたところによれば、「光秀の字を二つに分け、光の下の部分と秀の上の部分を重ねると禿げと読める」。ツルッとした金柑の実と禿げをむすびつけているのである。

曾呂利は笑うに笑えへんなと床板をジッと見つめているしかない。

「光秀、下がれ。庭で許すまで待て！」

光秀は顔を腫らし、庭で許しが出るまで座る。

「ん？　蘭丸、誰だコイツは！」

尻を床につけて、片膝を立てたまま、両肩を上下させている信長が曾呂利を指差す。蘭丸が紹介すると珍獣を見つけたような顔で曾呂利を検分した。

「曾呂利新左衛門だと？　ふん、どいつもこいつも出世したと思うと、妙な獣を飼うようになるもんだな」

「わては遊芸の者やから、ホンマにエテ公以下。大殿様にサルの猿回しをお目にかけられる日も近いことと存じます」

信長は曾呂利の自己紹介に機嫌が直る。

「面白いな。口が達者らしい。まあ、そこに座ってるハゲよりマシだろう。あいつは四国鎮撫を命じても益体もない。口ばかりで頭は空っぽ、腹を裂けば性根は真っ黒だ！」

曾呂利は信長がいきり立つ理由も利休から教えられて知っている。かつて土佐の長宗我部元親は、信長に砂糖などを献上し所領を安堵されていた。信長は元親の嫡男弥三郎に信の字を与え、友誼を厚くし「四国の儀は元親手柄次第に切取候え」と書かれた朱印状も出していた。

当時信長は、阿波、讃岐、河内に勢力を張る、三好一党や毛利と対峙しており、敵の背後を脅かす目的で長宗我部氏の力を拡大しようとした。その際に取次役となったのが光秀であり、長宗我部と姻戚にもなっていた。

ところが、その後、三好勢は凋落してしまい信長の脅威ではなくなった。三好康長は投降し、一転して信長家臣になり、名器「三日月」を献上。信長に厚遇されるようになる。一方、信長によしみを通じていた、長宗我部氏は阿波、讃岐にまで大きく勢力を伸ばし、三好康長の子康俊を誘って十河存保を攻撃させた。信長と元親は交戦状態となったので光秀が元親に帰順を説いたのだが悉く失敗。ついに信長三男の神戸信孝を総大将とする四国征伐が決まったというわけだった。

光秀は外交担当として失敗し、信長は家康ともども己の忠臣を早々に消してしまおうと決意したようだ。

とは、甲賀の四郎兵衛からの情報である。

「サルはどうした。高松城を早く落とせ」

曾呂利は城を取り囲んで攻めてはいるが、毛利輝元の本軍四万が迫っている、ぜひとも御出馬願いたいという秀吉の希望を伝えた。

「俺抜きでどうにもならんというのか」

「いえ、秀吉様は信長様の御威光があれば、噂だけで輝元は安芸、周防まで兵を引くはずだと。然る後に甲州征伐同様に攻め潰せるはずだと仰っております」

その話を聞き満足げに頷く信長。

「サルに言うておけ、俺が打って出るとなれば安芸、周防の毛利領は言うに及ばず、四国を攻め潰し、九州をも平らげてしまう。その時が来た、とな」

庭で聞いている光秀は耳を疑った。酒を嗜まない信長が天下人の驕りに酔っている。上洛した頃はまだ、こんな人間ではなかった。

昨日はどうやって家康を血祭りに上げるか相談し、ついさっきは朝廷に文句を言い、毛利領侵攻に焦っていたではないか。自分が出馬したら、その神がかりの力で一気に西国の敵を全て倒せると言うのは正気の沙汰ではない、いや夜郎自大も甚だしい。

村重の主君殺しの案に今の今まで躊躇してきたが……この人は終わりだ。

その気持ちは曾呂利も同様だ。この方は頭の歯車がおかしいんやないか？

「光秀、許す。上がってこい」

光秀は頭を下げたまま、ツツッと客間へ入る。その彼へ重々しく信長が命令する。

「貴様は少し早いが饗応役を他に譲って、坂本城で秀吉援軍の兵を集めるのだ。駿府からの客人を思う存分、我らがもてなすわけだが、宴の総仕上げに織田軍の働きを見せつけてやろう。戦えるのは甲州武士や三河武士だけではないとな！」

根拠のない自信を漲らせた信長が蘭丸を連れて奥へ消え、光秀と曾呂利が残された。

「さて。お前、荒木村重を有岡城で捕らえた男だろう。遠路の使いを労うので、私の城までついて来い」

「はい。実はわいは殿様への伝言を承っておるんで、ぜひとも」

その夜遅く、坂本城の書院で改めて曾呂利は光秀に謁見した。琵琶湖の水を入れた水城で、ほとんど行き来は船という珍しいものだった。曾呂利は船で堀の西にあった屋敷へ通された。

広々とした書院は非常に暗く、人払いをしていると知ってはいるが何か不気味な空気が流れていた。

「さて。秀吉殿の伝言を伺おうか」

「はい。御主人はまず、『柿の木になった実が熟したかは戦上手の明智様が判断あそばされよ』と」

光秀はため息を漏らし、肘掛けにもたれ頬杖をついた。

「そして『世を治むる文武の将こそ明智殿の他見当たらず。サルは明智殿の支柱、副将軍にならんと欲す赤誠を持てり。大事あった場合に備え、毛利と和睦するつもりだ』。と、そのように」

光秀は額をさすり、大きくゆっくりと息を吐いた。

「信長様に知らせずに和睦。秀吉殿の覚悟は承った。ただ、その和睦の首尾がどう転んでいるかは知っておきたい」

「秀吉様はぬかりなく、親展の早馬を逐一、姫路の留守居役と堺の利休殿のところまで出してはります」

光秀はしばらく沈黙し、不意に「お前は生粋の畿内育ちだ。どこか武運を祈って霊験あらたかな場所を知らないか」と訊ねた。

「そら愛宕権現さんでんがな」

「うん、それなら貴公に案内を頼めないか。宴席も張ろうと思う」

「ああ、それなら喜んで」

「足止めをしてしまうが、案内後に堺へ戻れば良い。金子も心ばかりだが受け取ってくれ」

「いえいえ。ただ、お許し願えたら、わての噺の芸を演らせてくださいますか」

「ほほう。それは面白いな」

曾呂利の答えに礼を述べた光秀は己の重臣である溝尾茂朝を呼んだ。

「庄兵衛、この者を小天守の客間へ」

曾呂利が溝尾と出ていくと、堀に接する壁際から「エテ公のお陰で織田の奸賊を斬り、三河狸も血祭りにあげられるなあ」と村重の声がした。

人が盾屏風を動かし、板戸を開ける音がすると仄暗い書院の隅に村重の姿が浮かび上がった。

「武運は天が決めしもの。天が配剤せし賜物やで。今はあんたに運がある」

光秀はジッと村重を見つめ、「献策あれば聞こう」と決然と言った。

「信長に中国出陣の前、利休や堺の商人を招いて家康と別れの茶会を開かせてはどうか。楢柴肩衝（ならしばかたつき）を島井宗室（しまいそうしつ）に持参させるんや」

茶器楢柴を信長はなんとしても欲していた。彼は初花（はつはな）、新田（にった）を持ち、あと一つで三名器が揃うと熱望していたのだ。

「大事なのは手勢を減らさせること。信忠は妙覚寺（みょうかくじ）に留め置きだ」

それなら間違いない。光秀は大きく頷いた。

「よし、陣触れだ」

この会話を書院の外、堀に張り付いて盗み聞きしている影があった。光秀を見限り家康方についた甲賀多羅尾一族の四郎兵衛である。

光秀が挙兵の決意を固めた翌々日、信長は摠見寺（そうけんじ）で家康、梅雪たちをもてなした。幸若太夫（こうわかだゆう）の舞を堪能（たんのう）し、皆は華やぎ楽しげだった。途中、能の出来がまずいと不機嫌になることはあったものの、信長は終始にこやかだ。

これは寺へ光秀が出した使いの報告に満足したからだった。

「蘭丸、ハゲも知恵を絞っているぞ。家康誅殺の舞台を本能寺に指定してきおった。手回し良く、利休にも声をかけ、楢柴肩衝を島井宗室に持ち寄らせる」

蘭丸はハゲの得になることは嫌っているが、ご機嫌の殿を持ち上げるのが第一だ。

「それは素晴らしい！　ついに名器が揃いますな！」

今、舞を見終えて料理に舌鼓を打つ家康を眺めると心が浮き立つ。タヌキが自分を囲む兵士に怯え、小便を垂れ流すさまがたまらんわ。俺はそこで言うてやる。

「家康、寺を小便で汚すなよ」

思わず笑顔になる。家康は信長の顔を見て微笑み返した。

「家康殿、明日からは京都、奈良、大坂、堺を案内するから、どうか骨休めしてくれ」

「ああ、それは楽しみ。駿府にいるとどうも田舎臭くなってしまいますから」

だが、そう応じた家康は朝方、本多正信と服部半蔵が雇ったという甲賀の多羅尾四郎兵衛から注進を受けていた。

「決して本能寺には近づいてはなりません。仮病でも使うのです。光秀が秀吉に加勢するために陣揃えしているのは真っ赤なウソ。殿様を討とうという謀」

寝間で四郎兵衛の報告を受けても、家康は驚かなかった。既に同様の報せを秀吉に通じる利休から受け取っていたのだ。

贅を尽くした料理を眺めた信長は不意に客へ話しかけた。

「以前、摂津でこのような席を荒木村重にやらせてな」

「あのような家族や家臣を見捨てる人でなしはいませんな」穴山梅雪が吐き捨てる。

「梅雪殿、そう言うな。幾重にもある捜査網を逃げるなど大したもんだ。長秀、その後の足取りはどうなっている」と信長が問う。

「どうも不首尾続きで」柴田勝家の次席にある丹羽長秀は頭をかく。「光秀殿が凄まじい捜査をやっておりますが」

「あいつも用事が多いもんだ」信長はニャッと笑う。

「東国、駿河の村で似た者を見つけたと、先だって光秀殿にお伝えしました。生死を問わずで追いかけておられますからな」家康が心から心配げに語る。

「いかん、いかん。生け捕りだ。どうして俺に歯向かったか、問い詰めてから首を斬る。蘭丸、最後の趣向はなんだ?」

「南蛮渡来の闇踊りにございます」

庭に設えた舞台は篝火もなく暗い。ただボウッと人影が見える。拍子木の音と共に火が焚かれ、舞台に派手な天鵞絨のチュニックに膨らんだ半ズボンを穿いた弥助が立っている。頭には羽根帽子を被って、それを脱いで客にお辞儀してみせた。

「弥助！　踊れ！」信長が拍手する。

弥助は鳴り物の音楽に合わせて衣服を荒々しく剝ぎ取り、全裸になる。香油を塗った肉体がテラテラ光っていた。

「なんとまあ」家康は唖然としている。

松明を持った弥助が火を振り回しながら、踊り狂う。段々と篝火が消え、闇に黒い筋肉が煌めく。

「いいもんだ、これは。中国遠征で見られんようになるのが寂しいぞ」

呆れる諸将が多い中、うっとりと我を忘れて見惚れる信長がいた。

坂本城から丹波亀山城に移った光秀が五月二十七日、武運祈願のために愛宕権現に参拝することになった。曾呂利も馬上の人となり同道していた。

到着すると明智の諸将は軍神である勝軍地蔵に揃って手を合わせた。御籤を引くと言い出した光秀は一度で満足せず、三度引いてみた。すると溝尾茂朝が光秀をひやかした。

「殿、三回も御籤を引くと神様もどれを当たりにするか、夢枕で質問に立ちますよ」

「殿様、どないだったんです」曾呂利も興味津々で問う。

「三度とも吉兆だから、神には礼を申し上げるだけだ」

生真面目な光秀はぎこちなく笑い、投宿するため山房へ大股で歩いて行った。

その夜、曾呂利の願い通り、山房で噺が披露された。演目は『桃太郎』だ。

「……で、暴君になった桃太郎はついに白旗を掲げて城を出た。桃太郎の虐めに耐えに耐えた犬はキジとサル、鬼までを従えて討ち取ったりい！　その夜の宴で酒をもてと生真面目な犬も『椀を椀を』と叫んだそうで。翌日、犬に切腹を命じられた桃太郎、介錯人のサルに『なにか申し残すことは』と訊かれて『飼い犬に首を斬られた』。お後がよろしゅう」

翌日、威徳院西坊で連歌会が開かれて光秀が詠んだ歌は名高いものだ。信長を討つ決意の表れと言われている。

「ときは今天が下なる五月哉」

自分のような土岐の人間が治める時代がやってきた、という意味だという。これを傍で聞いていた曾呂利は「巧い」と呟いた。

二十九日、ついに信長は警護の手勢も連れず、小姓だけ召し連れて本能寺へ入った。二条の明智屋敷の間者によれば、安土から三十八の茶器を運ばせる信長は終始機嫌がよく、意味不明な高笑いを続けていたらしい。

同じ日、高松城の兵士は淀んだ水に浸かり、疲弊しきっていた。見舞いに来た安国寺恵瓊が清水宗治へ「和睦の条件はあんたの切腹やそうだ。わしはそげなこと飲めるかい！　いうて席を蹴ってやった」と伝える。

「……ありがたいが、私一人の命で兵が助かるならばお安い御用です」

宗治は神妙な顔で言う。

「無駄死にはさせんけえ、ここは我慢や。駄目元で輝元様は打って出るけ。その時は我らの血で極楽の花をパッと咲かせようやないの、なあ？　清水殿！」

包囲する櫓の上、見舞いを終えて引き上げていく恵瓊の小舟を遠眼鏡で眺めている秀吉がいる。

「ハハハ、あの生臭坊主、芝居がかってるな。今度、ひと押しかけて、手打ちにするぞ。官兵衛、利休の早馬は？」

官兵衛は首を振る。

「んー！　光秀のハゲ、思い切りの悪い。俺は全てを賭(か)けてるんだ。あいつが立たないなら、俺が信長公を討ち取りに行くぞ！」

カッとした勢いで遠眼鏡を投げ捨てる。

同日夕べ、堺。

利休が用意した堺の宿に投宿していた家康のもとに信長からの使者が来た。

「これは多羅尾四郎兵衛が申していた罠(わな)に違いありません」服部半蔵が断言した。

「今すぐここから脱出するべき。利休すら信用は出来ません」

「殿、ここは腹でも下されたと言い抜けましょう。まずは追っ付け参ると使者には返答させますゆえ」本多正信も言い添える。

家康はもじもじしながら爪を噛(か)む。

「逃げ出せば、信長に気取られて追手が放たれる。駿府まで帰るのも難しい。さらには謀反の疑いをかけられて戦になる。いっそ、事が起きたらば秀吉殿を頼ろうじゃないか」

「秀吉殿も安心は……」半蔵が遮る。

家康は服部半蔵の反対を退け、本多正信に離れにいる曾呂利を呼べと命じた。

「委細は承りました。わてらは秀吉様から家康様をお護り申せと言われてます。姫路までお護りしますさかい、安心しとくなはれ」

曾呂利とチビ、デカブツは頭（こうべ）を垂れて請け合った。だが、彼らは今朝早く、官兵衛の使者から生きて堺から家康を出すなと厳命されていたのだ。

そして六月一日。

信長は本能寺の茶会に招いた顔ぶれに家康がいないので表情を曇らせていた。公卿（くぎょう）や商人、僧侶（そうりょ）に茶器を披露している間に蘭丸を呼びつける。

「腹を下して堺におる？　クソ、タヌキめ。亀山へ早馬を出し、出発前の光秀に会い、軍勢を堺へ向かわせるように伝えろ」

蘭丸は座を外して駆けて行く。

同じ頃、亀山城は出陣準備で大忙しだった。奥の書院に閉じ込めている村重に軍装を整えた光秀が会いに行く。

「いよいよだ」光秀が無感動な声をかける。「世話になったな」

「おう。やーっと自由の身やで。これで茶の湯三昧かもしれへんな」

村重は立ってひょこひょこと近づいてくる。すると光秀は腰の物を抜き、切っ先を村重の喉笛へ持っていく。

「な、何をする！」

「捕らえられて数年、お前の侍根性もなくなったようだ。立て、お前に相応しい自由をやる。箱をここへ！」

真四角の鋲打ちされた箱を武者が二人で運んでくる。そして、村重へ中に入れと命じた。渋々従った村重が身体を丸めて入るや、蓋が閉められ釘打ちされる。

「どうだ。住み心地は」

光秀はしゃがんで板の隙間を覗いて訊く。

「何をしよるんか。こら！」

「よし、持っていけ」

武者たちは長くて太い天秤棒を箱の上に通して担ぎ上げて行く。

午後四時、本能寺から早馬が到着。家康が堺にいると通報を受けた。光秀は承った旨を使者に伝えて、兵一万三千人を城から出発させ、集結地の柴野まで行軍する。途中、村重を詰め込んだ箱を亀山の中腹にある崖から落とさせた。恨みつらみを叫びながら村重の箱は落ちたが、誰もその声を覚えている者はいなかった。

「曾呂利新左衛門じゃないが、これでオチがついたな」

光秀が隣で馬を進める参謀斎藤利三へ呼びかけると「あんなゴミ、捨てるのが遅すぎたくらいです」と笑う。

そして午後七時半、軍議の席で光秀は明智秀満、明智光忠、斎藤利三、藤田行政、溝尾茂朝らへ「信長誅殺」を明かした。光秀が受けていた虐めを知っている諸将は揃って賛意を示した。

軍勢は老ノ坂を越えて京を目指した。先行部隊は疑わしい者を斬り殺していく。瓜を育てる農民が軍勢に驚いて逃げ出そうとしたので、部隊長である安田国継は総勢三十人以上を老若男女を問わず殺した。

二日の午前二時、桂川へ到着した光秀軍は戦闘準備に入る。沓を切り落とし、草鞋を履き替えさせ、鉄砲もいつでも使えるように命じた。

「出世は手柄次第」

という御触れが回り、足軽雑兵は皆、敵が誰であるか知らずに意気込んだ。

六月二日午前四時、本能寺。

約三千の光秀勢が四方を取り囲んだ。

曙の中に見える兵士の黒い影を前にして、信長は弓矢を構えている。一本の矢を放つと、手前の侍に命中し、ドサッと倒れた。

「悪い夢のようだが現だな」信長が呟く。

「ハゲの謀反です！」駆けつけた蘭丸が告げる。「早くお逃げください」

信長は寺に上がった火の手を見て、「蘭丸、キンカ頭を見くびるな。逃げられはせん」と二矢目を放った。槍を持った弥助はいきなり外廊下の欄干から飛び降りると軍勢の中へ突っ込んでいく。

「おお、男子たる者、こうでなくては。蘭丸、戦え！」

そこから二百五十四メートル離れたイエズス会教会では早朝ミサの準備中だった。外の闘争の音を聞いて、作業を止めた宣教師たちは太陽が落ちたように燃える本能寺を眺めた。

紅蓮（ぐれん）の炎を背景に守り手、攻め手が影絵のように見えて口々に「残酷な。だが美しい！」と褒めそやしていた。

信長らしき人影が寺の中へ消え、毛髪も骨も塵灰（じんかい）と化していった。

10、速度の勝負

堺へ寄せてきた光秀勢は百人規模の騎馬編成だった。家康の堺の在所へ押し込んだが、そこはもぬけの殻で捜索のしようもなく、駿府方面へ逃げる街道を追いかけた。

ところが、数百メートルもしない場所で待ち伏せしていた服部半蔵、多羅尾四郎兵衛らに襲撃される。撒菱と手裏剣、鉄砲の攻撃でたちまち光秀勢は散り散りになった。

その半刻ほど前、曾呂利が先導して家康たちは姫路へ向かっているところだった。大和川を船で越えた後、木津川へ徒歩で走った。

曾呂利が振り返ると家康たちが遅れている。葦原を前にした河原に利休が雇った雑賀衆の残党で、今は落武者狩りを生業にする雑兵たち百人ほどが居並んでいた。チビとデカブツが彼らに手を挙げて挨拶する。

「加勢が待ってくれていたのか」

本多正信が息を切らして言う。するとチビやデカブツが男たちと共に家康めがけて駆け出していく。

「謀られましたぞ」

本多忠勝が刀を抜いて雑兵を迎え討つ。徳川方は三十三人、サッと主君を囲んで護りながら退却を図っていく。

鎖鎌を使うチビと棍棒を振るうデカブツは忠勝に殺到するが、猛将の前になかなか決め手がない。

そこへ後を追ってきた服部半蔵と四郎兵衛たちがやって来る。

「新左！　こうなったら甲賀者らしく、討ち死にせんか」

刀を抜いた四郎兵衛が一目散に走って来る。

「ほんま堪忍やで。時と場所が悪いんや」

曾呂利は詫びながら、雑兵から渡された弓を構えて射つ。矢は四郎兵衛の目を突き抜けた。

「あほくさ、わいは甲賀者やない、芸人なんや！」

曾呂利はそう言い捨てると鉄砲を棄て、葦原の中へ消えた。

家康家臣団は予想を上回る強さで雑兵たちを打ち負かし、山城方向へ逃げた。チビとデカブツは街道を猟犬のように追いかけた。

だが四日の夕刻、甲賀の多羅尾の土地へ入った際に子供らや老人、病人総勢三十七人が構えた銃によって蜂の巣にされて死んだ。

六月三日の夜、仮眠をしていた秀吉が目覚める。人の気配を感じ上目遣いをすると、曾呂利が枕元に控えている。

「やったか！」と飛び起きる。

その後、すぐに諸将を指揮所に集めた。やや遅れて上座に立った秀吉は気を落ち着けて、平静を装おうとしているが周囲を見回すなり唇を震わせて「大殿が討たれた」と小声で告げた。

が、蜂須賀小六をはじめ、聞き取れないのか怪訝な顔のままだ。

「信長様が光秀に討たれた！」

秀吉が吠えるように泣き出す。居並ぶ部下のうち官兵衛をのぞいた小六、秀勝らが驚愕の表情だ。

「どうすればよいのだ、信長様が亡き後、俺は何を。官兵衛ェ！」

「耐え難きを耐え忍び、ここは主従の契りを全うするため、光秀を討伐すべきです！」

秀吉と官兵衛の猿芝居に小六は感動し、激昂して「光秀を討伐だ！」と叫ぶ。諸将も討ちましょう、と皆が声をかぎりに叫び出す。本陣から離れて控えている曾呂利は彼らの勢いが可笑しくて堪らない。

「たとえ毛利に背後を襲われても、引き返しましょう！　覚悟、光秀！」

秀勝が鼻水を垂らして喚き、皆が「えい、えい、おー」と唱和する。曾呂利は涙を流し、腹を抱えて笑いを我慢するのに必死だ。

「ならば皆、よう聞け！」

秀吉が急に泣き止み、テキパキと「毛利との和睦は官兵衛に任せる。街道筋に信長様が逃げ延びて兵を集めているという偽情報を流せ。秀勝がやれ。小六は海路物資を姫路へ送るのを急がせろ」と指示を出す。

「父上。それにしても手回しが良い、さすがです！」

秀勝が感動のあまり秀吉に抱きつく。周りも「さすが素早い！」など称賛を漏らすが、やばいと思った秀吉は「ウッ」と唸って再び大泣きする。官兵衛もマズいという顔だ。

「暇はないぞ、さあやろう！」

官兵衛は柄にもなく大号令をかける。

諸将が散った後、残った秀吉、官兵衛、曾呂利の三人は妙な空気である。秀吉が新左衛門を見て、「何が可笑しい。天下分け目はこれからだぞ。この勝負に俺が負けると思うなら他所へ行ってもいいぞ」

曾呂利は笑顔のまま、「今から和睦して間に合いまっか？」と訊く。

官兵衛が一歩前に出て曾呂利を睨む。

「貴様、堺で家康を殺し損なったそうだな。利休からの早馬が来た。しくじっておいて高みの見物が出来ると思うたら間違いだぞ」

曾呂利は秀吉の表情を窺うが能面のようだ。

「これから和議を進めたいと安国寺恵瓊へ使いに行ってもらう。その後、姫路まで先遣隊へ加わり先導しろ」

曾呂利は一度は俯き、次に意を決して顔を上げ秀吉の方を向いて口を開く。

「はっきりしときますわ。もう金輪際、戦に関わるのはお断りです。わいはあんたらと会った時から遊芸人や。そら昔は甲賀者やったが、あないなのと違う。芸で身を立ててきた。刀や弓矢、鉄砲要らずなんや。文句あるなら、あんたら侍が好きに首を斬りなはれ」

「無礼な。ならば言う通りにしよう」官兵衛が刀を抜く。

「待て！　そいつの飼い主は俺だ」秀吉が止める。「新左衛門、コトが済んだら、このことを面白い噺(はなし)にしろよ」

曾呂利は決死の覚悟の緊張が解けず、肩を震わせている。

「ただ、俺を笑わせられなかったら、首を斬らずに舌を切ってやる」

そう言い捨てると官兵衛を引き連れて指揮所を大股(おおまた)で立ち去る。曾呂利は緊張のあまり、頭から地面に崩れ落ちた。

畿内へ帰るため、秀吉の陣から早馬や荷車が播磨方面へ次々に走る。だが、そのうちの一騎は毛利の本陣と高松城の間に位置する安国寺恵瓊の陣地へ向けてのものだった。恵瓊は官兵衛の手紙を読むと、すぐさま毛利輝元へ使いを出し、帰りを待たずに単身で高松城前へ向かった。

護衛を三騎従えただけの恵瓊が秀吉陣の検問を通過し、官兵衛が待つ高松城を囲む池の畔に到着する。

「早かったですな！」官兵衛が笑う。

「果報は寝て待ては性に合わんけ」

官兵衛、曾呂利は恵瓊と共に白い幟を立てた小舟でゆく。散発的に矢が飛んでくる中、ゆっくりと進む。城門まで行き着くと恵瓊が大音声で呼ばわった。

「安国寺恵瓊が参った。同道するは秀吉殿の名代黒田官兵衛殿だ」

門が開き、二人は各々の護衛を連れて中へ入っていく。

高松城の天守では清水宗治と恵瓊、官兵衛が座って挨拶もなくすぐに評定を始めた。

「他でもない、この戦を終わらせるために我らがこうやって座っている。毛利家の有名な話、あの三本の矢、まさに我らも今三人。ここで力を合わせたい」

官兵衛が述べると「あれは親子、兄弟。わしらは他人で敵同士じゃ」と恵瓊がピシャリと言う。それを弱々しく宗治が止めて「言わんとするところは」と官兵衛を促す。

「我らとしては宗治殿の自刃で決着をつけたい。どうだろう」

「やいやい、三本の矢と違うじゃないの。一本折れろとはどげな物言いなんかの」

恵瓊が荒っぽく、身を乗り出して唾を吐く。

「和睦を持ちかけたのはこちらから。今更なんじゃ。仏心が通じる相手が出てこねば、こちらは旅の者の風になびかんど。皆殺しになってもええんやけ」

「仏心があるからこその和議、条件だ」

「そげな道理が通るいうんかい！　な、おかしいやろ。おおし、ここで斬っちゃるけ、首を差し出せ！」

恵瓊が立ち上がって刀を抜くと、宗治が割って入る。

「私の命をどう使うか、それは私の勝手だろう。両軍が退き、兵の命も安泰なら腹を切る」

恵瓊は涙目になり「いかん！」と叫ぶ。宗治は官兵衛へ顔を向け、己が死んだら配下の兵士にたらふく飯と酒を振る舞ってくれと頭を下げた。

こうして六月五日、高梁川・八幡川以東の備中・美作・伯耆の割譲と清水宗治自刃を条件に毛利と秀吉の和睦が成立した。

　翌朝、水没した城を囲む秀吉の軍勢。雛壇に居並ぶ秀吉らが注視している。彼らの傍に茂助、曾呂利が控えていた。

「どこへ行っとったんや」茂助が小声で訊く。

「堺やら安土にな。人使いが荒うて」曾呂利は笑う。「もう、こないなのはやめたわ」

「！　じゃ、ここを離れるんか」

「お前は姫路に帰るが、俺はぶらぶらして考えよ思うんや」

黙り込む茂助はふと「チビとデカブツは」と尋ねた。曾呂利は表情を硬くする。

「わからん……敵を追ってたら」

　しかし茂助は笑う。

「きっと大丈夫や。あれらは強いから。今頃、ほれ、あの甲賀の四郎兵衛やったか。あの坊主どもとケッタイな踊り踊ってるかもな」

　曾呂利は不意に、多羅尾の連中から撃たれて死んでいるチビとデカブツをイメージしてしまう。彼らを撃ち殺した女子供、老人や病人に看取られていく……。

「あいつらのほんまの名前、なんやったんやろな」

茂助が飢えて憔悴（しょうすい）した将兵に見送られる清水宗治を見遣（みや）る。

「信長と光秀やったりして」

「新左にしてはおもろないな」


宗治は用意された小舟に乗り、死に装束で端座する。毛利、秀吉軍が見守る中、小舟が進む。雛壇の秀吉、神妙な家臣たち。秀吉軍からの小舟がやってきて、清水宗治の小舟と並ぶ。秀吉側から酒と肴（さかな）を差し出される。神妙に盃（さかずき）を手にする宗治の決然とした眼の輝き。

「最期の場所として、これほどの栄誉はないな」宗治は呟（つぶや）いた。

雛壇の秀吉が落ち着かない。茂助はあくびを嚙（か）み殺す。曾呂利が「おい、あいっ」と腰を上げる。

宗治が小舟の上で舞を踊り出す。

「何だアレ」

秀吉が官兵衛に訊く。官兵衛は「我々への礼と主君への別れ、かと」と当てずっぽうで解説する。

「ホントか？　ただ踊りたいだけだろ」

「ええ、まあ……」

「早く腹切ってくれないかなあ」秀吉の貧乏ゆすりは激しくなる。

宗治が辞世の句を詠もうと従者に申し付けて硯と筆を取らせる。

「いよいよですよ」

官兵衛が居眠りしていた秀吉を起こす。同じく寝ていた茂助が曾呂利に頭を叩かれる。

「浮世をば　今こそ渡れ　武士の　名を高松の　苔に残して」自分で詠んで涙する宗治。

宗治は真面目だ。

作法に則って事を進めていく。

宗治の前には土器と塗物の盃二組と湯漬けに香の物三切れ、塩、味噌の肴、逆さ箸が添えられている。従者が銚子で左酌で二度注ぐ。そして二杯で四度口をつける。

「なにが、いよいよだ。切らないぞ」秀吉は文句を言う。

その後、従者が膳（ぜん）を下げて短刀を三方にのせて差し出す。介錯人（かいしゃくにん）が宗治に一礼する。そして介錯人は後ろに回り、介錯刀に水柄杓（みずびしゃく）で水を掛けて清め、八双に構える。

「ほら、殿。始まりました！」官兵衛は指差して教える。

「ん、もう。さっさと死ねよ」

宗治は従者に黙礼して右から肌脱ぎ。左で刀を取り、右手を添えて押し頂き、峰を左に向け直す。左手で三度腹を押し撫（な）でる。

「あ、刺した」官兵衛が呟く。

「見ればわかるだろ」秀吉がボヤく。

茂助は「腹をどうやってるんだ」と曾呂利に訊く。

「ああヘソの上を一寸ほど左から右へ刀で突き立ててな、グリグリやるんや。で、介錯人は首を皮一枚残して斬る。皮一枚だけ残して斬られる」

「はあ……きっついな」

秀吉が「さ、行こう」と立ち上がり、雛壇から下りていく。

「ちょっと、殿。武士の作法が、最期までは……」

「俺は百姓だ。新左、お前が見届けておけ。噺のタネだ」

宗治は必死の形相で肩越しに振り返り、介錯人へ「斬れ」と言おうとするが、眼前の秀吉軍がゾロゾロと去っていくのが見える。

「え？」と呟く。

その瞬間刃が首を斬り落とす。はずんだ首が水中へ、拾うために供の者が大騒ぎして小舟が転覆する。

曾呂利はその模様を笑って眺めていた。


そして、怒濤の大返しが始まった。

足軽が大勢、大八車や荷馬車を押しながら出発前の兵士たちから武器や具足の回収を行っていく。

「死にたくなければ身軽になれ！　携帯する武器は一つ！　こちらで預かるぞ！　姫路で返す！　身軽になれえ！」

茂助は兜と鎧を他の者に倣って捨てていこうと抛つが、官兵衛から冷たく「殿の弾除け役の青衣だろ。出世したければ、そのままで行け」と言われてしまう。

周囲では秀吉傍衆の騎馬隊が慌ただしく登場。茂助は変な青い母衣を背負って転けながら、その集団へ追いつこうと必死だ。

振り返ると早くも出発で雑兵や大道芸人、出見世の者らは脱落していく。茂助の傍を猛スピードの騎馬隊が掠めていく。歯を食いしばり走る。

備中高松から姫路までの距離は約九十四キロある。現代、国道を歩いていくとして十九時間半かかる。これを大軍が諸説あるものの一日、二日で踏破するというのは全員でマラソンをやっているようなものだ。騎馬隊ではなく、特に茂助みたいな徒士だときつかったろう。

茂助は増水した吉井川を具足のまま渡っている。だが深みにハマり、溺れそうになる。前を行く重装備のままの足軽が溺れているが助ける余裕もない。皆必死で藻掻きながら岸を目指していた。

街道を必死で駆けていると右手に瀬戸内の海が見えてきた。茶臼山のあたりで地元の商人や農民、雑兵が樽や瓢箪に水を詰め、握り飯を用意して通過する将兵へ渡していた。

「俺にもくれ！」

顎の上がった茂助が水を求めるが、顔に柄杓でぶっかけられる。ヨロヨロ進み、握り飯を両手に二つ受け取ったものの、口に運ぶ前に萎んだ青衣に足をとられて地面にコケる。

街道と言わず、海道にも秀吉軍の旗を掲げた船が進む壮大な眺めだった。

全速力で進む隊列は備前の山間に突入する。馬上の秀吉も凄まじい形相で愛馬に抱きつき、落馬しないように必死である。

八木山を登り、備前三石で食事や水飲み休憩になったが、脚が萎えてしまうので徒士や足軽、雑兵は「座るな！」と命じられる。秀吉たちは陣も張らず、用意された替え馬に乗り、馬上で休憩していた。

「全員に椀一杯の酒を振る舞え」

息の上がった秀吉は官兵衛へ言う。

三石の村に並べられた樽の蓋が次々と割られて将兵全員、平等に配られる。酒は気付け、短期精力回復のために良いと考えられていたのだろう。

「もう一杯！」

茂助が村人にねだるが、やたら意気軒昂な老侍に頭を叩かれる。

「酒は姫路で嫌というほど飲める！」

続々と三石を出発、到着、出発していく秀吉軍の動きは遠目では猛スピードのアリの行進のようだった。

夜には船坂峠に差し掛かった。

暗い森の道に点々と松明を掲げた先遣隊が待機して迷わないように誘導している。

夜目が利かず、誤って崖から転落する足軽もいる。

また力を失い、草叢に倒れ込む兵士が続出するが、余裕のある者は助け起こして一緒に駆けた。

茂助もその一人で、助けた侍を右腕に抱えて引きずっていく。

「おい！　しっかりしろ。重いな、大変だろうが少しは歩け！　頼む。あれ！」

侍は首や腕、脚が折れ、顔も木の幹か岩にぶつけたか潰れている。気味が悪くなり、遺骸を放り出して再び駆け出す。

赤穂梨ケ原を走る兵士の頭上に曙光がさしてくる。谷間の西有年を抜け出すと千種川だ。

「渡河準備！」

官兵衛が号令をかけると後列に順々に復唱する声が響いた。

「殿、下馬を！　川を渡ります」

秀吉は「ふん」と鼻で返事する。疲れ切って言葉も出ないのだ。鐙から足を抜こうとして尻から落馬した。助け起こそうと駆け寄ろうとした傍衆の武者も足がガタガタで歩行が危うい。

官兵衛と秀勝に助け起こされた秀吉はそのまま脇を抱えられて川辺へ走る。川の流れは前々日の雨で速くなっていた。

向こう岸には先遣隊が待っていて、流れの真ん中にも兵士がいて盾を鎖で繋いだ簡易な橋の準備を後続の工兵と進めていた。

「えー、あんな橋が渡れるのか」秀吉も弱音を吐く。「官兵衛か秀勝、先に行け。俺は後から行く」

「後からって父上、御大将が前に進まねば」秀勝が眉根を寄せる。

「うるさい！　子が親に意見するな！　俺は後から行くか、回り道して追いつくから」

官兵衛は秀吉の背後に立って、持っていた鞭で秀吉の尻を打った。

「痛ェ！」

秀吉が尻を押さえて盾で出来た浮橋を走り出す。官兵衛が「進め！　殿が渡るぞ」と後続へ叫ぶ。

茂助らが千種川を渡る頃には足軽が河へ入り丸太の浮橋を作っていた。下りて馬を引いた騎馬隊や鉄砲隊、荷車、荷馬車が橋を渡っていく。

茂助は徒歩なので盾の橋を渡っていたが、途中で鎖が切れてしまい水中に落ちる。流されていく兵士たち。茂助は必死で鎖に摑まり、それをたぐって川を渡っていく。

駆け続ける軍勢は相生から揖保を抜け、姫路の手前、蒲田城で最後の休息をとった。その頃には茂助はまともに立っていられず、石垣に身体を預けて貰った水も吐いてしまう。

軍の先遣隊と合流した秀吉たちは一気に姫路の平地を走り、ついに城門に到着したのだった。

六月六日、午後四時頃。

姫路城では踏破してきた兵士に金子から食料まで大盤振る舞いされた。茂助も不眠不休の異常なテンションで騒ぎまくっていた。

「青衣の難波茂助を探している！」

肌までピリッとする声が響く。

茂助が振り向くと官兵衛が浮かれる将兵の前に立っている。官兵衛は「傍衆から離脱した者だ。どこにいる！」ともう一度呼んだ。これはマズいと思いながら、茂助が人垣を縫って前へ進み出た。

「すんまへん。走りやから遅れてもうて。弾除け出来へんでした」悄気て謝る茂助。

「なんだ、貴様は鎧に具足、その間抜けな母衣を付けたまま来たのか」

官兵衛は叱るわけでもなく、茂助の姿を眺めて呆れている。

「馬鹿なのか、意外と生真面目なのか」

「はあ……すんまへん」

「まあ、いい。お前を呼びに来たのは、貴様は次の戦で本隊、俺の麾下で働くことになったのでな。お前の下に徒士、鉄砲、弓矢に長槍の者をつける。酒を飲み明日の朝一番の点呼までに西の丸へ来い。この戦いに勝てば馬に乗って戦えるぞ」

茂助は自分が徒歩の混成隊を率いることが信じられない。曾呂利も、チビもデカブツもいない。一人で部下を引っ張って戦うなんて。ただただきょとんとしている。

「次の戦があるんですか？」

つい、意味のない言葉が口をつく。

「馬鹿！　信長様の弔い合戦だ。せいぜい、名のある者の首級をあげるんだな。何事も戦国の世には首が肝要」

エピローグ

「どうした新左、噺（はなし）は大返しで終わりか？　もしかしてオチは考えてないというのじゃないだろうな」

床に座った老いた秀吉が意地悪く笑う。湯呑（ゆのみ）を置いて、一息をつくと口を開いた。

「オチにはいろいろありますがな……さて、天下の勢いは秀吉様や。桃太郎を殺した犬はキジに恨まれ、猿にやられるだけやった。そう言えばサルもキジに恨まれましたな」

秀吉と家康の合戦、小牧長久手（こまきながくて）の戦いのことだとわかった秀吉は眉（まゆ）を上げる。

「あれはお前が堺でしくじったからだろうが。俺は恨まれて余計な戦いをやったまでだ」

「それはそれは。売れへん遊芸人の失敗も天下を左右するという、おもろい証拠ですな。けどもサルはキジに勝ったわけや」

「そうだ。しかしキジはまだ生きて天下を狙っているわ」

ジッとそこで曾呂利は眼を細め、値踏みをするように秀吉を眺める。

「で、いずれまた侍の天下になるわけや。行き着くところはそこなんですわ。サルが桃太郎を討った犬を倒してバンザイというもんやない。これは何で侍やない男が天下を取ったんか、同じ生まれで侍に出世した男がなんで犬死にせんとあかんかったのか……」

曾呂利はグッと顎を突き出して、取り出した扇子をバシッと床へ叩きつけた後に語り始めた。

「畿内で孤立していた光秀は、信長を討ったはいいが焼け落ちた本能寺からは遺骨すら見つけられず」タタン、タンタン！「生きて脱出したのではないかと疑われ、急いで細川藤孝父子や反信長の大名に味方を要請したが、信長生存説を秀吉が諸国へ流したため、援軍を得られないでいた」

見台を叩く曾呂利の腕に力がこもる。

一番、光秀が驚いたのは味方だと思っていた秀吉が援軍ではなく追討のための挙兵をしたことだろう。

が、秀吉のほうも信長が死んだと知って逃げ出す兵が続出し、アテにしていた神戸信孝と丹羽長秀はなんとか二万以上の兵を維持している状態だった。

「短期決戦あるのみ！」

茂助は作戦を受け持つ官兵衛の声を聞いた。

現在では兵力差は光秀軍の二倍から三倍をもって秀吉軍は対峙したとされる。

六月十二日、摂津と山城の境にある山崎で両軍は相まみえた。両軍の声が円明寺川の水面を震わせる。明智方は秀吉の大部隊を迎え撃ち、天王山と沼地を利用して秀吉軍が身動きの取れない中で勝利を得ようと考えていた。

翌日の夕方、山裾を横切ろうとした秀吉側についていた中川清秀の部隊へ斎藤利三率いる軍勢が襲い掛かった時に戦端が開かれた。

山間に位置する秀吉鉄砲隊の銃口が火を噴き、川を渡るため突撃する光秀軍を倒していく。その銃声を聞きながら山の斜面を数十名の手勢を率いて駆け下りている茂助がいた。

「鉄砲は無駄撃ちするな！　弓は木の上から敵を射るんや。槍（やり）の者は柄を短く切ったか。では他は続け！」

　茂助は斜面を登ってくる光秀の先鋒（せんぽう）隊である松田（まつだ）政近（まさちか）の部隊へ向かっていく。茂助は、そこそこ侍らしく指揮をし、刀を振るって敵を斬った。が、日没が迫ったことで「退却」の合図が両軍に下った。勝ちは秀吉軍だった。潮が引くように木立の奥へ消えていく先鋒隊を茂助は追えないまま、官兵衛の陣まで戻っていった。

　手柄を立てたくてウズウズしていた茂助に、その夜、敗走する光秀追撃隊に加わるよう命令が下った。

「坂本城を目指して逃げた光秀に従う兵士は七百余り。それを追う、茂助たちは千人の部隊やった。追う側と逃げる側は必死に移動しながら戦いまして。困った光秀は小栗栖（おぐるす）の藪（やぶ）へ逃げ込みおった」

　曾呂利はバンバン、扇子を叩いて盛り上げる。

追いかける秀吉騎馬隊の先頭が「あれは敵の総大将だ！　討ち取れ！」と叫ぶ。

騎馬隊は踏みとどまった光秀の鉄砲隊になぎ倒されてしまう。

倒れた馬を乗り越え、茂助が藪の入り口で光秀に襲い掛かるが、そこは百姓出と武人の違い、呆気なく刀で叩き倒される。

「クソ！　首が要るんや！　起こせ」

自分の部下に助け起こされた茂助はなおも光秀を追いかける。藪の葉っぱで頬を切り、血を流すが構わない。草むらを踏み分け、かき分け突っ込んでいく。

「おお難波茂助、何してる早く！」と官兵衛部隊の先輩武者が後ろから声をかけてくる。

茂助が振り返ると武者は背後の繁みから伸びた薙刀で首を落とされる。笹藪から続々と姿を現した光秀の手勢と茂助の小部隊が組んず解れつの乱戦に陥った。

茂助の兵は戦い慣れた光秀勢に次々に首を斬られてしまう。囲まれた！　チビ、デカブツ……茂助はここに助けがあればと祈る。

すると藪の奥から矢と弾が四方八方から飛んできた。弾は竹の幹を割り、矢が木の幹に突き刺さる。

茂助が頭を抱えて地面へ伏せると、明智勢は矢を受けたり、弾を撃ち込まれて呆気なく全滅してしまった。伏せて頭を抱えた手をどけて、顔を上げると藪の奥へ逃げていく光秀の背中が見えた。

「首だッ！」と光秀に追いすがる。

先程、射掛けられた矢や鉄砲で傷ついた光秀に追いつくのは難しくなかった。茂助は彼の背中に刀をつきたて、一気に刺し貫いた。

「下郎！」

光秀は最期の力を振り絞り、刀で串刺しにされたままグイッと振り返る。驚いた茂助は尻餅をつく。

光秀は手にした刀を振り上げ、そのまま茂助を斬ろうと踏み込む。瞬間、藪の奥から弾が飛んでくる。光秀の刀を持つ腕が肘からちぎれ、右足も膝からふっとばされる。

「ぐうう」

それが明智光秀の最期の言葉だった。姿の見えない狙撃手が放つ弾が頬やこめかみ、喉に撃ち込まれて斃れた。

静寂。鳥の声だけが響いている。

茂助は落ちた光秀の刀を拾い敵将の首を切り離そうとするが、刀の刃毀れが酷く上手く首を落とせない。刀を斧のように叩きつけてやっと首を取るが、その顔には光秀の面影は微塵もなかった。

茂助は首を脇に抱え、藪をふらふら抜けようとする。心は「ヤッタ！　ヤッタ！」と叫んでいた。

だがしかし、茂助はかつての自分のような農民に囲まれていた。

「下がれ百姓ども！　俺は秀吉方、黒田官兵衛配下、難波茂助……」

言い終わらぬうちに落武者狩りの槍が左から突き刺さる。穂は背骨の脇を通り光秀の頭に刺さった。他の者たちも茂助に斬りかかり、落とした光秀の首は踏みつけられ藪に転がり、茂助の首も刈られてしまう。

「可哀想にな。あいつはそうやって死んだのかもしれん」

聚楽第の秀吉は哀れんで呟いた。曾呂利はグッと肩に力を入れ、かつての部下を惜しむ秀吉を睨んだ。

「同じ百姓でも、茂助が死んで、秀吉様がこうして生きているのは何の違いか。それは茂助は侍になってもうたからです。首を取り、それで出世し、最期までホンマの侍みたいに『首や、首や』言い続けた。ところが、秀吉様はちゃう。今でも百姓や。山育ちの猿は猿のままやった。思い出しなはれ、わてが側近として仕えようと決心して、秀吉様がいる勝竜寺城の本陣に戻った時のことを」

秀吉の本陣では、光秀追跡の兵から集められた首が塚の様にうずたかく積まれていた。

秀吉は首実検のために光秀の首が運ばれてくるのをイライラと待つ。秀吉と官兵衛の背後に控えている曾呂利は俯いている。

「これも違う、知らんやつだ。下がれ！」と官兵衛が持ってきた侍を叱る。

「もういい、我らは勝ったんだ！」秀吉が言う。

「いやいや、武士の頭領ならば、主君を討った仇の光秀の首、しかと確認せねば！」

そこに汚れた傷だらけの首が二つ届けられる。それは光秀と茂助の首だった。

「また汚いのがきた」秀吉は渋面を作る。

「やや、これはもしや」

官兵衛が立ち上がって覗き込んだものは茂助の首級だ。曾呂利は友の変わり果てた姿に驚いて腰を上げる。

興味を持った秀吉は「どれ」と座り込んでみる。

「これがそうか？」秀吉が肩越しに振り返って官兵衛に訊く。

「間違いないと思います。よく似ている」

「ボロボロでわからんぞ」と秀吉。

「この鼻筋など見ると、確かに」

曾呂利が堪らず、「それは百姓の茂助のもの。光秀なんかとちゃいますわ！」と叫ぶ。

「なんだと！　それは確かか」

狼狽して官兵衛が曾呂利の肩を揺する。友人を失くして、力が失せている曾呂利は身体を戦慄かせていた。

首を睨んでいた秀吉はスッと立ち上がる。

「まどろっこしいぞ、侍め！　俺は天下さえ取れたら、首などどうでも良いわ！」

秀吉は茂助の首を蹴飛ばした。積まれた死人の首にぶち当たり、山は崩れてゴロゴロとあたりへ転がりだす。

そして秀吉、曾呂利の足元で止まった茂助の首が二人を物も言わず見上げていた。

（完）

本書は、二〇一九年十二月に小社から刊行された
単行本を加筆訂正のうえ、文庫化したものです。

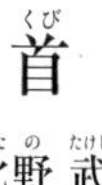

首（くび）

北野 武（きたの たけし）

令和５年 10月25日　初版発行

発行者●山下直久

発行●株式会社KADOKAWA
〒102-8177　東京都千代田区富士見2-13-3
電話　0570-002-301（ナビダイヤル）

角川文庫 23804

印刷所●株式会社暁印刷
製本所●本間製本株式会社

表紙画●和田三造

●お問い合わせ
https://www.kadokawa.co.jp/（「お問い合わせ」へお進みください）
※内容によっては、お答えできない場合があります。
※サポートは日本国内のみとさせていただきます。
※Japanese text only

ISBN 978-4-04-111533-6　C0193

◇◇◇

角川文庫発刊に際して

角川源義

第二次世界大戦の敗北は、軍事力の敗北であった以上に、私たちの若い文化力の敗退であった。私たちの文化が戦争に対して如何に無力であり、単なるあだ花に過ぎなかったかを、私たちは身を以て体験し痛感した。西洋近代文化の摂取にとって、明治以後八十年の歳月は決して短かすぎたとは言えない。にもかかわらず、近代文化の伝統を確立し、自由な批判と柔軟な良識に富む文化層として自らを形成することに私たちは失敗して来た。そしてこれは、各層への文化の普及滲透を任務とする出版人の責任でもあった。

一九四五年以来、私たちは再び振出しに戻り、第一歩から踏み出すことを余儀なくされた。これは大きな不幸ではあるが、反面、これまでの混沌・未熟・歪曲の中にあった我が国の文化に秩序と確たる基礎を齎らすためには絶好の機会でもある。角川書店は、このような祖国の文化的危機にあたり、微力をも顧みず再建の礎石たるべき抱負と決意とをもって出発したが、ここに創立以来の念願を果すべく角川文庫を発刊する。これまで刊行されたあらゆる全集叢書文庫類の長所と短所とを検討し、古今東西の不朽の典籍を、良心的編集のもとに、廉価に、そして書架にふさわしい美本として、多くのひとびとに提供しようとする。しかし私たちは徒らに百科全書的な知識のジレッタントを作ることを目的とせず、あくまで祖国の文化に秩序と再建への道を示し、この文庫を角川書店の栄ある事業として、今後永久に継続発展せしめ、学芸と教養との殿堂として大成せんことを期したい。多くの読書子の愛情ある忠言と支持とによって、この希望と抱負とを完遂せしめられんことを願う。

一九四九年五月三日

角川文庫ベストセラー

人斬り半次郎（幕末編）　池波正太郎

姓は中村、鹿児島城下の藩士に〈唐芋〉とさげすまれる貧乏郷士の出ながら剣は示現流の名手、精気溢れる美丈夫で、性剛直。西郷隆盛に見込まれ、国事に奔走するが……。

人斬り半次郎（賊将編）　池波正太郎

中村半次郎、改名して桐野利秋。日本初代の陸軍大将として得意の日々を送るが、征韓論をめぐって新政府は二つに分かれ、西郷は鹿児島に下った。その後を追う桐野。刻々と迫る西南戦争の危機……。

にっぽん怪盗伝　新装版　池波正太郎

火付盗賊改方の頭に就任した長谷川平蔵は、迷うことなく捕らえた強盗団に断罪を下した！　その深い理由とは？　「鬼平」外伝ともいうべきロングセラー捕物帳全12編が、文字が大きく読みやすい新装改版で登場。

近藤勇白書　池波正太郎

池田屋事件をはじめ、油小路の死闘、鳥羽伏見の戦いなど、「誠」の旗の下に結集した幕末新選組の活躍の跡を克明にたどりながら、局長近藤勇の熱血と豊かな人間味を描く痛快小説。

戦国幻想曲　池波正太郎

〝汝は天下にきこえた大名に仕えよ〟との父の遺言を胸に、渡辺勘兵衛は槍術の腕を磨いた。戦国の世に「槍の勘兵衛」として知られながら、変転の生涯を送った一武将の夢と挫折を描く。

角川文庫ベストセラー

英雄にっぽん　池波正太郎

戦国の怪男児山中鹿之介。十六歳の折、出雲の主家尼子氏と伯耆の行松氏との合戦に加わり、敵の猛将を討ちとって勇名は諸国に轟いた。悲運の武将の波乱の生涯と人間像を描く戦国ドラマ。

夜の戦士 (上)(下)　池波正太郎

塚原卜伝の指南を受けた青年忍者丸子笹之助は、武田信玄に仕官した。信玄暗殺の密命を受けていた。だが信玄の器量と人格に心服した笹之助は、信玄のために身命を賭そうと心に誓う。

仇討ち　池波正太郎

夏目半介は四十八歳になっていた。父の仇笠原孫七郎を追って三十年。今は娼家のお君に溺れる日々……仇討ちの非人間性とそれに翻弄される人間の運命を鮮やかに浮き彫りにする。

江戸の暗黒街　池波正太郎

小平次は恐ろしい力で首をしめあげ、すばやく短刀で心の臓を一突きに刺し通した。男は江戸の暗黒街でならす闇の殺し屋だったが……江戸の闇に生きる男女の哀しい運命のあやを描いた傑作集。

炎の武士　池波正太郎

戦国の世、各地に群雄が割拠し天下をとろうと争っていた。三河の国長篠城は武田勝頼の軍勢一万七千に包囲され、ありの這い出るすきもなかった……悲劇の武士の劇的な生きざまを描く。

角川文庫ベストセラー

ト伝最後の旅

池波正太郎

諸国の剣客との数々の真剣試合に勝利をおさめた剣豪塚原ト伝。武田信玄の招きを受けて甲斐の国を訪れたのは七十一歳の老境に達した春だった。多種多彩な人間を取りあげた時代小説。

戦国と幕末

池波正太郎

戦国時代の最後を飾る数々の英雄、忠臣蔵で末代まで名を残した赤穂義士、男伊達を誇る幡随院長兵衛、そして幕末のアンチ・ヒーロー土方歳三、永倉新八など、ユニークな史観で転換期の男たちの生き方を描く。

賊将

池波正太郎

西南戦争に散った快男児〈人斬り半次郎〉こと桐野利秋を描く表題作ほか、応仁の乱に何ら力を発揮できない足利義政の苦悩を描く「応仁の乱」など、直木賞受賞直前の力作を収録した珠玉短編集。

闇の狩人（上）（下）

池波正太郎

盗賊の小頭・弥平次は、記憶喪失の浪人・谷川弥太郎を刺客から救う。時は過ぎ、江戸で弥太郎と再会した弥平次は、彼の身を案じ、失った過去を探ろうとする。しかし、二人にはさらなる刺客の魔の手が……。

忍者丹波大介

池波正太郎

関ヶ原の合戦で徳川方が勝利をおさめると、激変する時代の波のなかで、信義をモットーにしていた甲賀忍者のありかたも変質していく。丹波大介は甲賀を捨て一匹狼となり、黒い刃と闘うが……。

角川文庫ベストセラー

俠客 (上)(下)　池波正太郎

江戸の人望を一身に集める長兵衛は、「町奴」として、つねに「旗本奴」との熾烈な争いの矢面に立っていた。そして、親友の旗本・水野十郎左衛門とも互いは心で通じながらも、対決を迫られることに——。

西郷隆盛 新装版　池波正太郎

薩摩の下級藩士の家に生まれ、幾多の苦難に見舞われながら幕末・維新を駆け抜けた西郷隆盛。歴史時代小説の名匠が、西郷の足どりを克明にたどり、維新史までを描破した力作。

豊臣家の人々 新装版　司馬遼太郎

貧農の家に生まれ、関白にまで昇りつめた豊臣秀吉の奇蹟は、彼の縁者たちを異常な運命に巻き込んだ。平凡な彼らに与えられた非凡な栄達は、凋落の予兆となる悲劇をもたらす。豊臣衰亡を浮き彫りにする連作長編。

天保悪党伝 新装版　藤沢周平

江戸の天保年間、闇に生き、悪に駆ける者たちがいた。御数寄屋坊主、博打好きの御家人、辻斬りの剣客、抜け荷の常習犯、元料理人の悪党、吉原の花魁。6人の悪事最後の相手は御三家水戸藩。連作時代長編。

春秋山伏記　藤沢周平

白装束に髭面で好色そうな大男の山伏が、羽黒山からやってきた。村の神社別当に任ぜられて来たのだが、神社には村人の信望を集める偽山伏が住み着いていた。山伏と村人の交流を、郷愁を込めて綴る時代長編。